ホワイトコテージの殺人

マージェリー・アリンガム

1920年代初頭の秋の夕方。ケント州の小さな村をドライブしていたジェリーは、一人の若い娘に出会った。彼女を住居の〈白亜荘《ホワイトコテージ》〉まで送った直後、血相を変えたメイドが駆けてくる。「殺人よ！」無残に銃殺された被害者は、〈ホワイトコテージ〉のとなりにある〈砂丘邸〉の主《あるじ》。ジェリーは、スコットランドヤードの凄腕の主任警部である父親のW・Tとともに捜査するが、周囲の者に動機はあれど決定的な証拠はなく……。本邦初訳、英国本格の巨匠の初長編ミステリ。軽快な筆致と巧みな構成が光る必読作！

登場人物

W・T・チャロナー……………………スコットランドヤードの
　　　　　　　　　　　　　　　　　　犯罪捜査部主任警部
ジェリー・チャロナー………………W・Tの息子
ロジャー・ウィリアム・クリステンセン……〈白亜荘《ホワイトコテージ》〉の主《あるじ》
エヴァ・グレース・クリステンセン………ロジャーの妻
ジョーン・アリス・クリステンセン………ロジャーとグレースの娘
ノーラ・フィリス・ベイリス……………グレースの妹
エスター・フィリップス………………ジョーンの子守
キャスリーン・グッディ………………部屋付きメイド
イヴリン・ケイヴ………………………スコットランドヤードの検死医
O・H・デッドウッド……………………スコットランドヤードの警部
エリック・クラウザー…………………〈砂丘邸〉の主
クラリー・ゲイル
（ウィリアム・ド・レイシー）………クラウザーの近侍《きんじ》

ラッテ・チェリーニ……………………〈砂丘邸〉の滞在者
ルネ・ルグリ……………………………仏警察の情報部員
モーリス・バルテ………………………ルグリの秘書
ジャック・グレイ………………………クラウザーの被後見人

ホワイトコテージの殺人

マージェリー・アリンガム
猪　俣　美　江　子　訳

創元推理文庫

The White Cottage Mystery

by

Margery Allingham

1928

目次

ホワイトコテージの殺人

第一章　踵《かかと》にまめができた娘

夕方の四時をわずかにすぎたころ、ジェリー・チャロナーはケント州の街道で小さなスポーツカーのハンドルを巧みに切ってカーブを曲がると、〈自動車協会《AA》〉の警告にそって速度をゆるめたまま、小さな村の通りを静かに進みはじめた。

まさに絵のように愛らしい村だった。ただし、通りの左右に点在する赤煉瓦《れんが》とモルタルの真新しい家々のせいで、その景観はすでにいくらか損なわれている。

近ごろではロンドン周辺の諸州はどこもこんな調子だ。英国南東部《イーストアングリア》の全域が巨大なベッドタウンと化していることを思い、その冒瀆《ぼうとく》行為に彼はかぶりをふった。

ジェリーは小柄だが均整のとれた体格の好青年で、常に楽しげな驚きの表情を浮かべている。

目下のところ、彼は人生に大いに満足していた。ドライブはごく順調で、ロンドンまで残りわずか三十マイル、少しも急ぐ必要はない。秋の午後は陽射しにあふれ、行く手にはこれ以上ないほどのどかな景色が広がっている。

気だるい静けさに包まれた小さな村は、ロンドンの沸き立つような喧騒に慣れた者の目には、不思議なくらい魅力的だった。

十字路を横切る真っ赤な乗合バスまでもが、ロンドンの街路を走る野蛮な同胞たちよりも穏やかな、飼いならされた生き物のように見える。

そのとき、一人の若い娘がバスからおり立った。昇降口から彼女に巨大なバスケットを渡した車掌がすぐさま発車のベルを鳴らしたので、ジェリーの車が十字路に着いたときには、娘はぽつんとそこにとり残されて荷物と格闘していた。

前述のとおり、ジェリーは少しも急いでおらず、田舎の快い、のんびりしたムードにいつしか影響されていた。とはいえ、娘がそれほど美しくなければ——あるいは彼女のバスケットがそれほど重そうでなければ——話はちがっていたのだろうが、気づくと彼は車を娘のかたわらに寄せていた。ふだんの百倍も愛嬌たっぷりの顔でドアの上から身を乗り出し、

「あの……」と、適度に遠慮がちな声でおずおずと言う。「そのバスケットはひどく重そうだけど——遠くまで持っていかなきゃならないのかな？　この車に乗っていきませんか？」

娘は彼に目を向け、

「ああ、よかった！」と思わず歓声をあげた。「家まで半マイルもあるのに、踵に大きなま

めができてしまって！」そう口にするなり、いささか慎みを欠いた物言いだったことに気づいたとみえ、ぱっと顔を赤らめた。

ジェリーは娘の瞳がニチニチソウのような青紫色なのに目をとめ、いつにない胸のときめきを覚えた。しかも帽子の下からこぼれ出た巻毛は、まじり気のない蜂蜜さながらの黄金色《こがね》だ。その他愛ない発見に感極まったジェリーは、自分まで顔を赤らめて車から飛びおり、この偶然のなりゆきに嬉々としながら、大きなバスケットを後部の補助席に乗せた。

ほどなく、彼女がとなりの席に腰を落ち着けると、

「よし、と……そのお宅はどこですか？」とジェリーは尋ねた。

「このまましばらく進んだ右側です」娘の声にはまだかすかな当惑がにじんでいた。「半マイルほど先の、〈白亜荘《ホワイトコテージ》〉と呼ばれる家で――近づいたらお教えしますけど、あそこの大きな灰色の建物の向こう側にあるんです。あの、ほんとにご親切に――」

「いいんです」ジェリーは鷹揚《おうよう》にさえぎり、車内につかのま沈黙がただよった。

「あれは変わった建物ですね」ややあって、会話の口火を切ろうとジェリーは言った。「何ですか？　公的な施設かな？」

「え？　ああ、さっきわたしが指さした灰色の建物？　いいえ、個人の住宅ですわ」

ジェリーは少なからず驚き、前方に近づきつつある馬鹿でかい殺風景な建物を見つめた。

「個人の住宅？　へえっ！　誰が住んでるんですか？　まるで病院みたいだ」

「ほんとにね！」娘は声をあげて笑ったものの、ジェリーの質問には答えず、どこか狼狽《ろうばい》しているようだった。だが、彼がふとそう感じたときにはもうその醜怪な建物は背後にすぎ去っており、娘が彼の腕に手を触れた。

「ほら！　ここよ」彼女は通りからかなり引っ込んだ、びっしり枝を寄せ合う生垣に囲まれた愛らしい白塗りの家を指さした。

ジェリーは小さな白い門のまえで車をとめ、娘が席からおりるのに手を貸した。

「こいつはぼくが持っていきましょうか？」後部の補助席から大きなバスケットを取り出そうとしながら言う。

「いえ——けっこうですわ、ほんとにありがたいんですけど」娘は妙に落ち着かなげだった。

ジェリーがちらりと見あげると、痛々しいほど顔を赤らめている。

「ああ、いいんです！」ジェリーは少しも気を悪くしていないことを示そうと、快活に言った。「それじゃ、この門のわきに置いておきましょう。あとで誰かに取りにこさせればいい。足を傷めてるのに、ご自分で運んだりしちゃだめですよ。ちなみに、そのまめは硬くならないうちに、早く針でつついてつぶすようにね。じゃあ——お目にかかれてすごく嬉しかったです」

ジェリーは挨拶もそこそこに、さっさと向きを変えて車に乗り込んだ。相手のそぶりから漠然と、ほんの少しでも必要以上に長居をしてはいけないように感じたのだ。

「さようなら」娘は言ったあと、しばらく門のまえでためらっていた。それから不意に足を踏み出し、片手を彼に差しのべた。「さようなら」とくり返し、「本当にご親切に――ありがとう」

何とも名残惜《なごり》しげなその態度に、ジェリーはかすかな胸騒ぎを感じ、とつぜん、何か困っているのか、自分が力になれることはないかと尋ねたい思いに駆られた。だがすぐにそんな馬鹿げた考えを押しやり、彼女と握手すると、奇妙に好奇心をくすぶらせたままその場をあとにした。

気づくと、空はにわかにかき曇り、すでにぽつぽつと大粒の雨が降り出していた。やむなく通りの少し先でふたたび車をとめ、布製の幌《フード》をあげたジェリーは、ついでに煙草を一服しようとした。ところがマッチを持っていないことに気づき、そのまま車に乗り込もうとしたとき、一人の警官が前方の角を曲がって近づいてきた。

ジェリーはマッチを借り、巡査と自然に言葉を交わしはじめた。

「荒れ模様になりそうですね」そう言いながらも、なぜかまだこの村を立ち去りがたく感じていたジェリーは、初対面の愛らしい娘にそれほど参ってしまった自分を心ひそかにたしなめた。

「はあ、おっしゃるとおりです」巡査は答えた。鋭敏そうだが陽気な目つきをした、赤毛の話し好きな男だ。「僭越《せんえつ》ながら、雨がおさまるまであっちの〈獅子と子羊亭〉で待たれたほうがよさそうですよ。ここらは丘陵地帯だから天気がえらく変わりやすいし、この手の泥炭《でいたん》質《しつ》の道路は雨になるとひどく厄介ですからね」

馬鹿げた助言のように思えたが、ふと、それも悪くないという気になり、ジェリーはしばし無言で考え込んだ——何といっても、あんなにすてきな娘はめったにいない。

そのとき、通りの先のほうから誰かが足を引きずりながら近づいてくる音がした。田舎では誰もが抱く本能的な好奇心で二人がそちらへ目をやると、角の向こうから一人の男があらわれて大股に彼らのわきを通りすぎていった。いっぷう変わったその姿を、ジェリーはいつにない興味を込めて見守った。背丈は普通よりもかなり高めだが、ひどく青白い、疲れきった感じの男で、無精髭《ぶしょうひげ》だらけの細長いあごとうつろな黒っぽい目をしている。それに北イタリアの人間らしい、カモの嘴《くちばし》のような鼻。帽子はかぶらず、干からびた黒髪が風にあおられてうしろへ撫でつけられている。

あきらかに足を引きずりながらもすばやく歩いているせいで、奇妙な印象がいっそう強まっているその男は、わき目もふらずに背後の角を曲がって姿を消した。

ジェリーはその姿を興味津々で見送った。男の顔に例の娘と同じ、どこか不安げな表情が浮かんでいたように思えたのだ。と、角の向こうで門の掛け金がカチャリと引かれる音がして、ジェリーは即座に、さきほど娘と別れたばかりの、彼女の家へと続く小さな白い門を思い浮かべた。あの奇妙な男は、あそこへ入っていったにちがいない。といっても、それは少しもおかしなことではないはずだ。ジェリーはまたもや、出会ったばかりの女性に異常としか思えない興味を抱いている自分をたしなめた。

彼は巡査に目をもどした。

「やっぱり、このまま進むことにしますよ。嵐に出会う覚悟で。できれば早く帰りたいのでね」

巡査が答えようと口を開きかけたとき、どこか近くでとつじょ散弾銃の銃声が響いた。巡査はしばしためらい、眉をひそめた。

「もう暗くなりかけてるのに、狩猟ですかね。しかもあんなに通りの近くで。ここらの連中は、この通りが以前みたいに人気《ひとけ》のない小道じゃないってことに気づいてないんです。このところ何度か苦情を受けたんですよ。夕方ここを通りかかると、ウサギか何かに間違われそうでおっかないって。よければ失礼して、誰がやってるのか見にいってみます」

「いいですとも。じゃあどうも、巡査」

「お気をつけて」

ジェリーが笑顔で車に乗り込み、今にもエンジンをかけようとしたとき、不意に背後の通りで叫び声がした。彼は首をめぐらし、フードのセルロイド製の窓の向こうに目をこらした。

メイドらしき服装の少女が真っ青な怯えきった顔で、こちらへ向かって駆けてくる。声をかぎりにヒステリックな悲鳴をあげて。

「おまわりさん！　ねえ！　おまわりさん！　殺人よ！」

赤毛の警官が少女に駆け寄るのを見て、ジェリーはふたたび車からおりてあとを追った。

彼が近づいたときには、少女は背後の通りの先を狂ったように指さしていた。

「〈白亜荘《ホワイトコテージ》〉で……」とあえぎながら言い、「あそこで血まみれになって倒れてるんです」

そう口にするなりよろよろ倒れ込んだ少女を、ジェリーはすんでのところで受けとめた。

最初に口を開いたのは巡査だった。

「何か面倒なことが起きたみたいですね」どこか頼りない口調だ。

できるだけしっかり少女を支えようとしていたジェリーは、それには答えず、こう尋ねた。

「この子を知ってるんですか？」

巡査はうなずいた。

「〈ホワイトコテージ〉の部屋付きメイドです。やっぱり、あそこへ行ってみたほうがよさそうだな。わたしがこの子の肩を持ったら、足のほうをお願いできますかね？」

どうにかなりそうだったので、二人はぐったりした少女の身体をつかんで通りを進みはじめた。

その間にも嵐は刻一刻と近づき、頭上をおおう分厚い雲のせいで、あたり一面が異様な暗さになっていた。土砂降りの雨に先立つ落ち着きのない風の中で、白い家をとり巻く月桂樹《げっけいじゅ》の茂みがざわざわとこすれ合い、何やらただならぬ、不吉な予感をかきたてている。

気絶した少女を二人で小さな門の中へ運び入れ、屋敷の小道をよろめき進んでゆくうちに、ジェリーはふと、右側の茂みの奥で風ではない何かの動きが聞こえたような気がした。彼はすばやく視線をめぐらせた。けれども薄暗い葉陰に誰かがいる気配はなかったし、その後の一連の出来事のせいで、そんな考えは頭から消し飛んでしまった。彼らが屋敷の玄関に近づいたとき、ドアがさっと開いて、青ざめた顔の怯えきった娘がポーチに飛び出してきたのだ。

ほんの十分足らずまえにジェリーが門のまえでおろしてやった、あの愛らしい、内気な娘とはまるで別人のようだった。その顔からは若々しい輝きが消え失せ、見開かれた青い瞳は恐怖にどんよりとしている。

「ああ、よかった、来てくださって！」彼女はあえぎながら巡査に言った。「恐ろしいことが起きたの。さあ、早く中へ」

ジェリーと巡査はメイドをポーチのデッキチェアに横たえ、娘に続いてドアの中に入った。そこは白いペンキ塗りの小ぢんまりした正方形のホールで、ほかの部屋へつながる四つのドアがあった。そのうちの三つは開かれ、明るい優美な部屋の一部が見えている。四つ目のドアは閉ざされ、恐怖にすくんだ一団が無言で呆然とそちらを凝視していた。

彼らの視線をたどったジェリーは、かすかに身震いした。扉の下から黒ずんだシミのようなものがゆっくりにじみ出していたのだ。ホールは日暮れのように薄暗いにもかかわらず、そのシミは淡い灰色のリノリウムの上にあざやかに浮かびあがっている。

赤毛の巡査がそれを注意深くよけながら大股に進み出て、ドアのノブに手をかけた。

「入っちゃだめ！」

ヒステリックな金切り声をあげ、小さな集団の中から一人の女が飛び出した。今にも卒倒しそうなその女に初めて目を向けたジェリーは、彼女がさきほど知り合った娘とそっくりなことに気づいた。こちらの女のほうが年上で、少しばかりひ弱な感じだが、似ていることは間違いない。

巡査はノブから手を放し、いぶかしげに女を見つめた。

「中はどうなってるんです？」

「入らないで――ひどい有様なんです」そう口にするなり女はむせび泣きはじめた。

と、不意に車輪のきしむ音がして周囲の小さな人垣がうごめいたかと思うと、手動の車椅子に乗った男がすばやく進み出た。ジェリーと巡査は気づくと、三十代なかばとおぼしき男の青白い、悩ましげな顔を見おろしていた。堂々たる頭部と肩から、以前はかなりの偉丈夫《いじょうふ》だったことはあきらかだが、残りの部分は無残に痩せ衰えている。それでも、顔にはかつての精悍《せいかん》さの名残が見え、こんな騒ぎのさなかにもかかわらず、ジェリーはこの男に本能的な好意を抱いた。

男はヒステリックな女の金切り声とは対照的な、静かな、教養のにじむ声で口早に言った。

「わたしのことは知っているね、巡査。きみに来てもらえてよかった。じつに忌《い》まわしいことが起きたんだ。〈砂丘邸〉のクラウザー氏が撃たれたんだよ。そのドアのすぐ内側に倒れている。庭側のフランス窓から入ってきた家内が見つけたんだが……そこから入るときには注意したほうがいい」

巡査はためらい、手帳をひねりまわした。すでに耳にした情報を書きとめるべきか、このまま調査を進めるべきか、決めかねているようだ。しかし、ごく自然な衝動が勝ちを占め、彼はふたたびドアのノブをつかんだ。

ジェリーも巡査に続いて室内に入った。

死者はドアのすぐ内側の血だまりの中に仰向けに横たわっていた。首はのけぞり、シャツとチョッキの上部がずたずたに裂けてはだけている。

その身体は腰の上から首元まで、ほとんど粉々に吹き飛ばされているようだった。

見るもおぞましい光景に吐き気がこみあげ、ジェリーはくるりとうしろを向いた。すると部屋の真ん中の四角いダイニングテーブルの上に、単銃身の散弾銃——かなり大口径のやつだ——が乗っているのが目についた。銃身はドアのほうに向けられ、ベロアのテーブルクロスのかなりの部分が発砲時の衝撃で吹き飛ばされている。

巡査はもはや少しもためらわず、手帳を取り出した。

彼はまだまだ若く、鉛筆を持つ手が震えていた。ただし、それがことの重大性に興奮しているせいなのか、はたまた床の上の哀れなしろものへの恐怖のせいなのかは謎だったが。

「さしつかえなければ、あなたの車で署までひとっ走りしましょう」ややあって、巡査は言った。

ジェリーは彼をふり向き、

「かまいませんが、巡査……それより、こうしたらどうかな？　ぼくはジェリー・チャロナーと言って、スコットランドヤードのW・T・チャロナー犯罪捜査部主任警部の息子なんです。ほら、あっちのテーブルの上に電話機があるから、今すぐ親父さんに連絡させてください。そうすればあなたとぼくはここに残って、誰もこの家を離れないように目を光らせていられる。これはどう見ても殺人事件ですからね。下手にそこらを走りまわって、犯人に手がかりを隠すチャンスをたっぷり与えたりしたら、ぼくたちはあまり利口者には見えなくなるんじゃないのかな。どう思います？」

赤毛の警官は目のまえの若者をまじまじと見た。

「W・T・チャロナー？」と、耳を疑うようにその名を唱え、「あの人の息子さんなんですか？」

ジェリーは名刺を取り出した。

相手はそれにしばし見入ったあと、驚嘆のにじむ目をあげた。

「こりゃすごい！　W・T・チャロナーなんて――へええ！　W・T・チャロナーか。今朝もあの人についての記事を読んだばかりなんですよ。よければ今すぐ電話してください。あなたが息子さんなら、来てくれるかもしれない」

「ああ、きっと来ますよ」ジェリーは電話機へと歩を進めた。「それに誰か医者と、管轄署の警部も呼んだほうがよさそうだ。あなたは誰も家から出さないようにしてください、巡査」

「そうします」

ようやく自分にもうまくやれそうな仕事ができたとばかりに、巡査は床の上の男を注意深くまたいでホールへ出ていった。

いっぽうジェリーは〈猟犬《グレイハウンド》〉チャロナーと呼ばれる、スコットランドヤード屈指の敏腕警部に電話を入れた。

第二章　〈猟犬〉チャロナー

それから二時間足らずのうちに、くだんの名物警部は〈白亜荘《ホワイトコテージ》〉に到着し、自由に使うことを許された家の奥の小さな居間で、今回の事件の捜査に当たる仲間たちと向き合っていた。例の赤毛の巡査と、ニューキャンピントンの町からやってきた眠たげなむっつり顔の警部だ。ジェリーは無言で周囲に目を配りつつ、父親のうしろに立っていた。

W・T・チャロナーを初めて目にした者たちの多くは、〈猟犬〉という異名はジョークにちがいないという誤った印象を抱く。チャロナー警部は童顔の、いたって無害に見える年配の紳士で、白髪頭と明るいブルーの目をしていた。態度はにこやかな、優しいお父さんといったところだ。かつて彼に年齢を尋ねた者はいないが、見かけによらぬ敏捷《びんしょう》な足取りや、灰色の上着の下にかすかにうかがえる隆々たる背筋に気づかない者なら、おおよそ六十歳と踏んだことだろう。

彼はダイニングルームと、そこに倒れたままの遺体をざっと調べ終えたところだった。当面はそれで満足したとみえ、あとは警察のカメラマンと医師にまかせてここへもどってきたのだ。

「さてと、諸君」チャロナー警部は快活に言った。「こちらもそろそろ、ちょっとした予備的調査をはじめてはどうかな？」

「はあ、ぜひとも」

地元署の警部は年上の男が指揮を執るのを歓迎しているようだった。

チャロナー警部は巡査に目を向けた。

「では、ええと……事件が起きたときこの家にいたすべての者の氏名と、彼らに関するできるだけ詳しい情報を書きとめてあるかね？」

赤毛の警官はうなずき、手帳を取り出した。

チャロナー警部はテーブルの奥にすわって、その手帳を目のまえに広げた。

「どれどれ」と、大声で独り言でも言うように――「どんな顔ぶれかな？ ロジャー・ウィリアム・クリステンセン、この家の当主。これはさっきここへ入ってくるときに見かけた、あの車椅子に乗った立派な顔立ちの男かね？ エヴァ・グレース・クリステンセン、当主夫人。彼女が最初に被害者を見つけたんだったな。女性には酷な体験だ、気の毒に……。ノーラ・フィリス・ベイリス、夫人の妹」

ジェリーは耳をそばだてた――ではあの愛らしい娘の名前はノーラなのか。

チャロナー警部はなおも読みあげた。

「ジョーン・アリス・クリステンセン、クリステンセン夫妻の娘。エスター・フィリップス、前述の幼女の子守。キャスリーン・グッディ、十七歳、部屋付きメイド。ドリス・ジェイムズ、四十歳、料理人……ほう！ これでぜんぶかね、巡査？」

「だと思います、主任警部殿」

「よし。では被害者のほうだが――あの男は何者だったんだ？」

巡査は進み出て手帳のページをめくった。

「ここにぜんぶ書いてあります」ちょっぴり得意げな声だ。

W・T・チャロナーはにっこりした。

「すばらしい！」と皮肉のかけらも見せずに言い、目を走らせた。「ああ！　なるほど——エリック・クラウザー、〈砂丘邸〉在住。その家はどこなんだ？」

「すぐとなりの大きな灰色の建物ですよ、お父さん」独自にあれこれ調査を進めていたジェリーが言った。

「ほう——で、彼はそこに一人で住んでいたのか？　妻も、使用人も置かずに」

「夫人はいませんが、使用人は数名……被害者の身のまわりの世話をしていた近侍《きんじ》をとなりの部屋で待たせてあります」地元署の警部のものうげなだみ声が、チャロナー警部の質問のあとに続いた短い沈黙を破った。「わたしはここに着くなり彼を連れてこさせたのですが、そのまま帰さずにおきました。どのみち、あなたがご自身で調査されるまで、この件をできるだけ近所の者たちに知られんほうがいいかと思いまして」

チャロナー警部は青い瞳を興味深げにきらりと光らせ、地元署の警部を鋭く一瞥《いちべつ》した。

「じつに賢明でしたな、警部。あっぱれと言うしかない」

相手は無言で眠たげに両目をしばたたいたが、肉付きのいい赤ら顔に刻まれた数本の新たな皺《しわ》から、今の賛辞に気をよくしていることがうかがえた。

ジェリーはこの男をどう評価すべきか決めかねていた。これまで調査を進めるあいだじゅう、なかば眠っているように見えたのだ。

いっぽう、チャロナー警部はすでに巡査に向きなおっていた。

「ではさっそくその近侍と会ってみるかな、巡査。一からやりなおすのも悪くない。彼にちょっとここへ来るように言ってもらえるかね？」

赤毛の警官は姿を消し、しばらくすると、酒びたりのドブネズミのような顔をしたむさ苦しい初老の男を連れてきた。男の薄ぼけた小さな両目には怯えた表情が浮かび、頬とあごのまわりは湿っぽい黄ばんだ灰色の毛におおわれている。

巡査に肩をつかまれた男は、すでに逮捕でもされたようにおどおど部屋に入ってくると、両目を伏せたままテーブルのまえで立ちどまった。

しばし無言で彼を見つめていたチャロナー警部の明るいブルーの目が、不意に突き刺すように鋭くなった。

「クラリー・ゲイル！」警部は叫んだ。

男は射すくめられたように、目のまえの警部に怯えきった視線を向けた。

とたんに、みじめったらしい顔一面に気弱な笑みが広がった。

「W・T！」男はぶつぶつ言った。「こりゃあ、奇遇だ！　お元気ですかい、旦那？」

W・T・チャロナーはにこりともしない。それでも、いつもの穏やかな表情にもどり、「今は何と名乗っているのかね？」と男に尋ねた。

「ウィリアム・ド・レイシーでさあ」

「いいだろう！　これをすべて速記で書きとめておいてくれるか、ジェリー？　さてと、ゲイル、ビクつかんでいいぞ、おまえさんにもそれなりの権利は認めてやるつもりだ。ここはしゃんとして、こっちの質問に答えてもらおう。クラウザーに雇われてどれぐらいになる？」

「十年ですよ」

並々ならぬ感慨が込められたその言葉に、たちまち室内の目という目が発言者に向けられた。

〈猟犬〉チャロナーですら、驚きを覚えたようだった。

「十年？　それじゃ、ロンドンで出所してからずっとじゃないのか。ご主人はおまえさんの前科を知っていたのかね？」

ウィリアム・ド・レイシーを名乗る男はうなずいた。

「へえ」

「すると、おまえさんは足を洗って十年になるわけか？」

「へえ」

「見あげたものだな、ゲイル」W・Tはあきらかに戸惑っていた。だがそれ以上、相手の個人的な事情は尋ねず、次に口にしたのは死者についての質問だった。

「クラウザーはいつから〈砂丘邸〉に住んでいたのかね？」

「六年ぐらいまえからかな」

「その間ずっと、クリステンセン夫妻と懇意だったのか?」

「そのまえからですよ」

W・Tは合点したようにうなずいた。

「では夫妻とは旧知の仲だったわけだな。それでこの家にノックもせずに入ってこられるほど親しかったのか」

「あの御仁《ごじん》は、周囲のほとんど誰にでもそんな調子だったんでさあ」ゲイルは言い放った。

「みんな好むと好まざるとにかかわらず、どこに入り込まれても、とめる勇気はなかったでしょうな」

W・Tはさっと目をあげた。

「クラウザーはいったいどんな男だったんだ? 近所では顔の広い――好人物だったのか?」

もともと気弱な顔だけに、いっそう不快に見える強烈な嫌悪の表情を浮かべ、クラリー・ゲイルは黄ばんだ歯の隙間からヒューッと息を吸い込んだ。

「あいつはとんだひとでなしでしたよ」熱はこもっているが、少しも誇張の感じられない口ぶりだった。

四人の聞き手の顔にちらりと興味深げな色がよぎり、やがてW・T・チャロナー警部が続けた。

「クラウザーが今日、どうしてここへ来たのか知っているかね？」

「クリステンセン夫人を探しにきたんです」

「なぜ彼女に会いたがっていたんだ？」

「三時半からずっと待ってたのに、奥さんが来なかったからですよ」

「クリステンセン夫人はちょくちょく彼を訪ねていたのかな？」

「いや。クラウザーはよくあの人を車で町へ連れ出してたけど、奥さんのほうが一人で〈砂丘邸〉へ来ることはなかった――あたしはあいつがしじゅうせっついてたのを知ってますがね。今朝も手紙を届けさせられて、奥さんが午後に訪ねてくるはずだと聞かされてたんです」

W・Tはため息をついた。ようやく少しは手がかりがつかめそうだ。

「クラウザーは〈砂丘邸〉を出たとき、腹を立ててるようだったかね？」

「腹なぞ立てちゃいなかった。大声で笑ってましたよ、あんちくしょうめ」

ゲイルの声には何やら不穏な響きがあり、ジェリーは思わず、ダイニングルームにころがる二重あごの青ざめた死体を思い浮かべて身震いした。

「で、生きている彼を見たのはそれが最後だったのか？」W・Tは目のまえのみじめ臭い男をひたと見すえた。

ゲイルがうなずく。

「へえ」と答えた声には奇妙にも、安堵《あんど》めいたものがうかがえた。

〈猟犬〉チャロナーはしばし間を置き、ふたたび目をあげた。

「まあ、当面はこんなところだろう。あとでまた呼びにやらせるよ。ああ、それと――もうひとつだけ。〈砂丘邸〉にはおまえさんのほかに、何人の使用人がいるんだ？」

「料理人だけでさあ」すでにドアへと進んでいた小男は、しばし立ちどまって答えた。「気のいい婆さんで、名前はフィッシャー――ミセス・エルシー・フィッシャーっていうんですがね」

「なるほど。すると〈砂丘邸〉には、おまえさんたち三人だけで住んでいたわけか」

「へえ、旦那、あたしら三人と、チェリーニって男で」

W・Tはピクリと耳をそばだてた。

「チェリーニ？　それは誰かね？」

「あすこに同居してたイタリア人でさあ」

「ご主人の話し相手《コンパニオン》か？」

「まあそんなところかな」

「ほう。で、その男はイタリア人なのか。彼はおまえさんのご主人と対等の関係だったのかね？　つまり、友人という立場だったのか？」

「まさか、友人なんて」

薄笑いを浮かべた前科者の顔に、W・Tは鋭い目を向けた。

「それはどういう意味だ？」と問いただす。

クラリー・ゲイルはせせら笑った。

「クラウザーには友だちなんていませんでしたよ。チェリーニだってあいつには、あたしらと同じ気持ちを抱いてたはずだ」

「どういう気持ちかね？」

「あいつを毛嫌いしてたってこってすよ！」

小男が吐き捨てるように答えると、チャロナー警部はやおら椅子の背にもたれた。

「おまえさん自身には当然、たいそう強固なアリバイがあるのだろうな、ゲイル？」

「あたしですかい？　昼食後はずっとミセス・フィッシャーと調理場にいました」

W・Tの顔にかすかな笑みが浮かんだ。

「そうだろうとも。さもなければ今は亡き三人へのそんな敵意まる出しの言葉は、とんだ誤解を招きかねんところだ。ともあれ――ミスタ・チェリーニは今はどこにいるのかね？」

「あっちの家の自分の部屋じゃないのかな。クラウザーから逃げてられるときは、ほとんどあそこですごしてたから」

「家を出るまえに見かけなかったのか？」

「へえ、この午後はずっと目にしてません」

「まあいい、当面はこれぐらいにしておこう。だがすぐに〈砂丘邸〉へ行ってミスタ・チェリーニに、わたしが話したがっているからちょっとこちらへ顔を出すように言ってくれ。ああ、それと、ゲイル——あちらでミセス・フィッシャーには何も言うんじゃないぞ。チェリーニを連れてさっさともどってくるんだ、いいな？」

「そりゃもう、旦那」

そう答えるが早いかゲイルはくるりとうしろを向き、無罪放免となった被告人が退出するかのようなすばやさで部屋から姿を消した。

彼の背後でドアが閉まると、W・T・チャロナーは深々と息を吸い込んだ。

「妙な話だ。あの男は十五年前には、こちらの記録にある中でも指折りの救いがたい悪党だった。ここ十年ほどは行方知れずだったが、今になってこんなところにひょっこりあらわれ、十年間も堅気の使用人として働いていたという。雇い主は殺され、あいつにはしっかりアリバイがあるときた。なあ、諸君、この件はなかなか興味深いものになりそうな気がするぞ」

ジェリーも同感だった。ふと、さきほど通りで見かけたやつれた顔のイタリア人を思い出したが、今はそれには触れず、記録を取ることに専念した。

W・Tが静かに先を続けた。

「次はクリステンセン夫人の話を聞こう。遺体の発見者だし、ゲイルの話が事実なら——今のところ、あいつが嘘をつく理由は見当たらん——被害者がこの家へ来たのは夫人に会うためだった。彼女を呼んできてもらえるか、巡査」

巡査が出てゆくと、ジェリーはすばやく父親に目をやった。

「何か密通めいたことがほのめかされていたけど——」

W・Tはさっと警告するように片手をあげた。

「まだ何もわかったわけじゃないぞ、ジェリー」

そのあと、チャロナー警部が椅子から腰をあげると同時にドアが開いて、巡査に連れられたクリステンセン夫人が入ってきた。

ジェリーは一目で思い出した。事件の直後にみなでホールにいたとき、死体のある部屋に入ろうとした巡査を金切り声でとめた女性だ。やはり、ジェリーがこの件にかかわるきっかけとなったあの娘と驚くほどよく似ている。

グレース・クリステンセンはひどく青ざめ、両目の下には黒ずんだくまができていた。それでも今ではだいぶ落ち着いたようで、W・Tが彼女のために引き寄せた椅子に、どうにか威厳を保って腰をおろした。

W・Tは彼ならではのかいがいしさで、せっせと彼女の世話を焼いている。殺人事件を調査中の刑事というより、古くからのお抱え家庭医か弁護士のようだった。

ようやく彼女を心地よくくつろがせたと納得すると、チャロナー警部は切り出した。

「さて、ご心労をおかけして恐縮ですが、クリステンセン夫人——この午後に起きたことをありのままにお話しいただければ大いに助かります。どうか急いだり、気持ちを昂《たかぶ》らせたりなさらずに、事実だけをお話しください」

夫人は彼の目を見あげ、消え入りそうな声で話しはじめた。

「わたしは庭の……家の向こう側で草取りをしていました。幼い娘と一緒に。ふと夕立がやってきそうなのに気づき、家の中にもどる準備をしようと道具を集めて……ちょうどすっかりまとめ終えたとき、銃声を耳にしたんです。すぐそばで聞こえたので、この家の中にちがいないと思い、いったい何ごとかと庭の正面へ駆け出しました。するとダイニングルームのフランス窓が開いていて、中に入ってみると……あの銃がテーブルにころがり、床の上――テーブルの反対側の床の上に……ああ、考えるのも恐ろしい！」クリステンセン夫人は今も目のまえにあるおぞましい光景を閉め出そうとするかのように、両手で顔をおおった。

W・Tはテーブルごしに身を乗り出して、なだめるように彼女の腕をたたいた。

「いいんです、もうそのことは考えないで。では、どうでしょう、あなたはクラウザー氏とはお親しかったのですか？」

夫人はかすかに恐怖のにじむ目で彼を見あげ、やっとのことで口を開いた。

「あの方はいちばん近くにお住まいで――ちょくちょくこちらへ訪ねていらしてました」

W・Tは心得顔でうなずいた。

「いわば、気の向くままに出入りしていたわけですな？」

彼女は勢い込んでうなずいた。

「ええ、そのとおりです」

「だがあなたのほうは、そんなふうにクラウザー氏を訪ねることはなかった？」

クリステンセン夫人はふたたび怯えきった表情になり、チャロナー警部を鋭く見つめた。

やがてついに、

「はい」と答えが返ってきた。

W・Tは励ますように微笑んだ。刻一刻と、いよいよ優しい父親じみた顔つきになってゆく。

「それはまた、なぜでしょう？」

夫人はいくらか間を置き、こう答えた。

「クラウザーさんはひどく変わった方でした、チャロナーさん」そこでまた口ごもる。

W・Tが水を向けた。

「あなたとご主人は、あちらが思っているほどクラウザー氏に好意的ではなかったということですかな？」

「クラウザーさんは、あまり人好きのする方ではありませんでしたから」彼女は堅苦しく言った。

しばし沈黙がただよったあと、W・Tはふたたびテーブルごしに身を乗り出した。

「クリステンセン夫人、じつのところ、わたしはもっぱら将来の不快な事態や面倒を避けるために、この件の真相を突きとめようとしているのです。そこでお訊きしますが、ご主人は――クラウザー氏に嫉妬されていましたか?」

相手がうなだれたまま何も答えないので、彼はさらに続けた。

「何か嫉妬されて当然の理由があったのでしょうか?」

やはり答えは返ってこない。W・Tはみじんも厳しさの感じられない声で、やおらたたみかけた。

「あなたは今朝、〈砂丘邸〉へ来てほしいというクラウザー氏からの手紙を受け取った。なぜその求めに応じなかったのですか?」

夫人はぞっとしたように両目を見開いて彼を見つめた。

「誰がそんな話を――」とヒステリックに切り出す。

「それはどうでもいいことでしょう」W・Tは穏やかにさえぎった。「いいですか、クリステンセン夫人。気が進まなければ何もお答えになる必要はありません――あなたは法廷にいるのではないのですから。だがいずれは検死審問が開かれるはずだし、ご自身のためにも、この件についてできるだけのことを話されるのがいちばんですぞ」

夫人はしばし、狂おしい目で彼を見つめた。それから思わず、

「お話しします」と答えると、もどかしげに息もつかずに話しはじめた。

「エリック・クラウザーはわたしの娘時代からの知人で、ジョーンが生まれた翌年にとなりの〈砂丘邸〉に越してきました。それ以来、暇さえあればわたしにしつこく言い寄ってきたのです。もちろんこちらは相手にしませんでした。夫を愛していますから。けれど決して、クラウザーから逃げ出すこと——彼をふり切ることはできませんでした。家から閉め出せばなおさら夫の疑いを引くし、そんなことにはなりたくなかったのです。ここ一か月かそこらは、いよいよしつこくされて、どうすれば主人に気づかれずにすむか思案に暮れるほどでした。今朝も、午後に訪ねてこいという手紙が届けられてきたけれど、無視してやりました。あとはすでにお話ししたとおりです」

夫人の声が途切れたあと、小さな部屋にはしばし沈黙がただよい、やがてチャロナー警部が口を開いた。

「失礼ながら、奥さん。クラウザー氏に追いまわされていることを端《はな》からそっくりご三人に話してしまったほうが簡単だったのでは？」

「まあ、とても……そんなことはできませんでした。何があっても——ぜったいに！」

あまりにきっぱりした口調だったので、すぐさま聞き手たちの頭には、彼女はまだ何か隠しているのではないかという疑念がひらめいた。だがジェリーは彼女の青白い悩ましげな顔と大きな痛ましい目をまえに、若く感じやすい心の中で、きっとその秘密は罪のないものなのだと考えた。

W・Tがためらいがちに言った。

「クリステンセン夫人――いささか苦しい状況ですぞ。お話によれば、あなたの人生はクラウザー氏のせいで堪《た》えがたいものになっていた。あなたは今朝がた彼から手紙を受け取り、それを無視した。彼はこの家へあなたをつかまえにきたと思われ――あなたによれば、銃声を耳にしてあの部屋に入ると彼が死んでいた……。さて、これをどう考えればいいのでしょうな?」

クリステンセン夫人は椅子の中でつと背筋をのばして警部を見つめた。恐怖と――ジェリーには断言できたが――驚愕のにじむ目で。

「まさかあなたは、わたしが――?」と、ささやくように言い、「まあ、ひどい! あんまりよ、そんなふうにおっしゃるなんて――」

「まあまあ奥さん、落ち着いて。こちらはまだ何も言ってはいませんぞ」

W・Tは例の保護者めいた態度にもどっていたが、すくみあがった女は無我夢中で主張した。

「でもそんなことは考えられないはずよ! だって、わたしはずっとおちびちゃんと一緒だった――銃声がするまで庭を離れなかったことは、あの子が話してくれるはずです。あの子を呼んで――尋ねてくだされば――あの子がお話しするはずです」

相手の心理状態をよく心得ていた老練なチャロナー警部は、むげには拒まず、赤毛の巡査に幼女を呼びにいかせた。

巡査がもどるのを待つあいだ、クリステンセン夫人は昂然《こうぜん》と頭をあげていたものの、青い瞳にはまだ恐怖の影がちらついていた。

ほどなくドアが開き、赤毛の巡査が六十代のなかばとおぼしき長身の瘦せこけた女を部屋に通した。女はネルのネグリジェを着たおさげ髪のたくましい幼女を腕に抱いていた。

W・Tはにっこりした。

「ちょっとその子をこちらへ貸してください」

老女にキッとねめつけられた彼ははたと、相手の小さな黒い目がただならぬ疑念と敵意に満ちていることに気づいた。

それでも彼が両手をのばすと、女はしぶしぶ幼女を渡してよこした。

W・Tがそっとひざに乗せると、幼女は五歳児のうつろな底知れぬ目でおごそかに彼を見つめた。

「名前は何というのかな？」W・Tは穏やかに笑いかけながら尋ねた。

「ジョーン・アリス」いくらかためらったあと、幼女は答えた。

「いい名前だ」とW・T。「さてと、ジョーン・アリス、きみは今日の夕方はお母さんと庭にいたんだね？」

幼女がしばらく答えずにいると、恐怖に青ざめた母親がテーブルの向こう側からもどかしげに身を乗り出した。

「その人にお話しして、いい子だから」声に不安をにじませまいと虚《むな》しい努力をしながら、クリステンセン夫人は言った。「夕方、マミーとお庭にいたのを憶えてるでしょ――お花がちゃんと育つように、いけない草を抜いたときのこと――」

「うん」ジョーン・アリスはとつぜん熱を込めて答えた。「でもって、その草をあたしのバケツに入れたんだよね？」

夫人は安堵のため息をつき、W・Tが幼女にさらに尋ねた。

「それじゃ、ジョーン・アリス、よーく思い出してみるんだぞ。ママと庭にいたとき、おうちの中のどこかで大きなバーンって音がしたかい？」

幼女は答えなかった。このやりとりに興味を失くしたとみえ、W・Tのチョッキのポケットからつき出た金の万年筆をいじくっている。

「ジョーン、いい子だから――」母親が逆上しきった声で言う。「思い出してみて――バーンっていう音が聞こえた？」

「うん」と幼女。

「で、きみはそのとき庭でママと一緒にいたのかな？」

「そうよね、おちびちゃん？」夫人の声は聞くに堪えないほど張りつめている。ジェリーはかたずを呑んで見守った。

幼女が重々しく視線をあげ、かぶりをふった。

「ううん」と、不意にジョーンははっきり口にした。「あたしは焚火のそばで、バケツを空《から》っぽにしてたもん。ほらママ、ママがそうしなさいって言ったでしょ」

「焚火はどこにあったんだい？」異様に静まり返った室内に、チャロナー警部の声が奇妙に響き渡った。

「あのね、お庭のずうっと向こう」幼女の無頓着《むとんちゃく》な口調は、周囲の張りつめた空気を不気味に揺さぶった。

「じゃあバーンって音がしたときには、ママの姿は見えなかったのかい？」こんな質問を続けるのは不本意だとでもいうように、W・Tはためらいがちに尋ねた。

「うん、見えなかったよ」

「ジョーン！」夫人が非難と懇願、恐怖の入り混じった声をあげると、幼女は怯えたように彼女を見つめた。

W・Tは立ちあがって幼女を子守女に返した。ひどく重々しい、哀れみに満ちた顔つきで。

「クリステンセン夫人」彼は静かに切り出した。「残念ながら、よく考えなおしていただくしか――」

だが、その先は口にされずじまいだった。まさにそのとき、部屋のドアが無遠慮にさっと開かれ、下卑《げび》た顔を興奮に赤らめたクラリー・ゲイルが、息を切らして姿をあらわしたのだ。

「あいつが消えた！」ゲイルはがなった。

「消えた？　誰が消えたって？」W・Tは問い詰めた。

「そりゃ、チェリーニですよ！」ゲイルはいきりたって支離滅裂にまくしたてた。「ミセス・フィッシャーが言うには、あたしが最初にここへ呼ばれた直後にチェリーニが家に飛び込んできて、自分の部屋に駆けあがってくのが見えた。そして十分もすると、また階下《した》に駆けおりて出てくのが聞こえた。で、調理場の窓の外に目をやると、あいつはクラウザーの車を出して、フォークストン方面行きの道路を全速力で突っ走ってったそうですよ。あたしも今しがた部屋にあがってみたけど、持ち物がそっくり消えている——あいつはとんずらしたんです！」

その知らせがもたらした水を打ったような静寂の中で、ジェリーの脳裏にひとつの記憶があざやかに浮かびあがった。例のやつれきった男が足を引きずりながら角の向こうへ姿を消し、ほどなく、小さな白い門がカチャリと開かれる音がしたことだ。

第三章　焼け焦げたテーブルクロス

「さてと、ジェリー、あの件は彼らが引き受けてくれる。こちらは奥の部屋で調査にもどるとしよう」W・T・チャロナー警部は受話器を置くと、かたわらに控えた息子を見あげて言った。

　W・Tはダイニングルームの電話でスコットランドヤードに連絡し、行方不明のチェリーニについて各地の港に情報提供を呼びかけるよう指示したところで、たしかにその件については当面、もうこちらにできることはなさそうだった。

　ジェリーはしばし無言で室内を見まわし、身震いした。ややあってようやく、

「いやな事件ですね、お父さん」と言った。

「まったくおかしな事件だよ」とW・T。「これほど単純そのものに見えながら複雑怪奇な事態には、ついぞお目にかかったことがない気がするね。誰も彼もが何かを隠しているようだ――」

「クリステンセン夫人も――？」ジェリーはおぼつかなげに尋ねた。

「ああ、そうだ。彼女には何か秘密がある。それは重要なことかもしれんし――そうではないのかもしれん。こうしたケースでは、そこが女たちのいちばん困った点でな、ジェリー。ご当人にはひどく深刻な、隠す価値のあることに思えても、じつはとんでもなく馬鹿げたつまらんことだったりする。なのに女ってやつは、それを明かすくらいならさっさと縛り首になるほうがましだと考えるのさ。男なら利口者でも利口ぶった馬鹿者でも、そこまで理屈に合わんことはしないものだが――」

「じゃあ、あの気の毒な女性については判断しかねてるんですね?」ジェリーはいくらか安《あん》堵《ど》を覚えて言った。「必ずしもあの人の犯行だとは——」

W・Tはかぶりをふった。

「ああ、考えとらん。今のところは、誰が何を言い出しても逮捕する気はないよ。むろん、あの幼女——気の毒な子だ——の証言は夫人に不利なものだったがね。それより例のイタリア人がとつぜん行方をくらましたのは、どう見ても怪しい……。むろん、彼が消えたのは煙幕なのかもしれん。その可能性も大いにあるが、それなら彼はクリステンセン夫人と通じているはずだし、今のところそれを示すような事実は出てきていない——」

W・Tはしばしむっつり、宙を見すえた。ふたたび口を開いたときには、議論の余地がある点に頭を悩ます老弁護士のように気むずかしい口調になっていた。

「まあ、そういうことだ」と唐突に締めくくったあと、「おまえはあんなおかしな光景を見たことがあるかね?」

ジェリーは父親の視線をたどり、彼がまだテーブルの上に乗っている銃を見つめていることに気づいた。

「見てくれ!」とW・T。「ほら、そこだ」

ジェリーは眉根を寄せた。「よくわからないけど……」

「わからんか?」W・Tは驚いたようだった。「おやおや——あのテーブルクロスだよ。気の毒なクラウザーの胸部と同じぐらいずたずたに吹き飛ばされている。つまり、あの銃は今ある場所から発射されたのさ。普通なら肩まで持ちあげる――銃の扱い方を知らん女性なら、こわごわ両手をのばして撃ったりもする――ものだが、そのどちらでもない。テーブルの上から発射されたんだ。少なくとも台尻はテーブルに乗せたまま、銃身を少しだけ持ちあげて。テーブルの陰にひざまずいた者ならそんな撃ち方をしてもおかしくないが、この場合は丸腰の無警戒な敵がテーブルのすぐ向こうに立っていたのに、なぜひざまずいたりしなければならんのだ?」

ジェリーはうなずいた。

「そのとおりです。でもこの部屋には何も手がかりになりそうなものはなかったんでしょう――? 足跡とかも」

W・Tはかぶりをふった。

「ろくに役立ちそうなものはない。この手の絨毯《じゅうたん》は跡が残りにくいんだ。写真から何かわかるかもしれんが、期待はしとらんよ。なにせ、ここにはわたしが着くまえに大勢の人間が入っているからな。まずはクリステンセン夫人が室内を走り抜け――おまえ自身も、外にいるあのみごとな赤毛の男と一緒に歩きまわったはずだ。ああ、やはりここではもうわれわれにできることはなさそうだ。医師たちが協議を終えたら、あの無残なしろものを運び出させるとしよう。さしあたり、こちらは関係者の尋問にもどることにして。あの子守女とちょっと話してみたいんだ――二階の育児室から、そこのフランス窓のすぐ外の芝生におりられる階段があるんだよ。彼女を呼んできてくれるかな？　わたしはほかの連中と奥の居間にいるから」

その求めに応じてジェリーが足早に立ち去ると、チャロナー警部はぶらぶら小さな居間へもどった。細長いテーブルの奥にふたたび腰をおろすと、赤毛の巡査とニューキャンピントン署のものうげな顔の警部に穏やかに笑いかけた。

「もう何か仮説を立てられましたか？」長い間のあと、地元署の警部がどら声で言った。

「いや」W・Tは愛想よく答えた。「そちらは？」

地元署の警部はかなりのあいだ口を開かず、眠り込んでしまったのかと思うほどだった。やがてついに、

「あの女性《ひと》のしわざじゃありません」と答えが返ってきた。「ホシはクリステンセン夫人じゃありませんな」

「ほう」W・Tはにわかに興味を示し、「彼女だとは思えんわけか。で――それはなぜか聞かせてもらえるかね？」

「はい」と言ったあと、相手はまたもやかなりのあいだ黙りこくった。

これきり返事はなさそうだとW・Tがあきらめかけたとき、「かりに彼女が犯人なら」と、地元署の警部は切り出した。「幼い娘を庭の反対側の焚火のほうに行かせたのは意図的な行

為だったはずで、それを忘れたりするとは思えません。しかるに彼女があの子を呼んでほしいとあなたに懇願したのは、銃声がしたとき娘が一緒にいなかったことを忘れておったからでしょう」そう話し終えると、警部は何やらほっとしたように口を閉じ、大きく息をついてふたたび沈黙にひたった。両目をつむり、肉付きのいい両手を腹の上で握り合わせて。

W・Tは驚いて彼を見つめた。

「すっかり忘れていたが、それは興味深い指摘だぞ、警部。まさにそのとおりだよ」

地元署の警部はわが意を得たりとばかりにうなずいたが、それきり口は開かなかった。そうこうするうちにジェリーと子守係のエスター・フィリップスが部屋にあらわれ、W・Tの注意はそちらへ向けられた。

チャロナー警部は子守女を一目見るなり、さきほどと同じ激しい敵意を感じとっていた。彼がここにいるのがよほど気に食わないらしい。

こうしてじっくり見直すと、エスター・フィリップスはなかなか特異な個性の持ち主だった。ひょろりと背が高く、年齢のわりにはしゃんとしており、小さな、青みがかった黒い目でひたと彼をにらみつけている。

服は全身黒ずくめで、帽子もエプロンも着けていない。見るからに〝長年一族に仕えた使用人〟といった風情だった。長い不格好な黒いドレスは喉までぴっちりボタンがとめられ、その上のいかめしい顔は羊皮紙のように黄ばんでいる。

彼女は捕虜になった将軍よろしく、威厳たっぷりにジェリーのあとから部屋に入ってくると、W・Tがすすめた椅子をぶっきらぼうにことわった。

「さて……」W・Tはこれ以上ないほど愛想よく彼女に笑いかけ、「ではミス・フィリップス、今回の件で、あなたにもできるかぎりご助力いただきたいのです」

相手は甲高い、蔑《さげす》むような笑い声をあげ、皺《しわ》深い顔にちらりと皮肉な笑みを浮かべた。

「こちらは助力などする気はありませんから、期待なさらないことですよ」妙に耳ざわりな、力強い声だった。

だがその予想外の反応に、W・Tはびくともしなかった。これまでの長く数奇な職業人生で、さまざまなタイプの人間と接してきたため、めったなことでは驚かなかったのだ。彼は子守女に鋭い目を向けた。

「あなたはエセックス州の沿岸部の出身ですな？　コルチェスターのほうですか？」

これには彼女のほうが驚き、小さな黒い目をわずかに揺るがせた。

「そうですよ」と、不機嫌な声でしぶしぶ答え、「あの町の近くのゴールドハンガーの生まれです。両親は死ぬまでそこで暮らしてました」

「そうだと思いましたよ」とW・T。「どうしてわかったか知りたいですか？」

「いいえ」

「ほら、それでわかったんです」W・Tは罪のない喜びに、内心にやりとした。田舎の人間の奇癖を研究するのは、大好きな趣味のひとつなのだ。「ところで」と不意に威圧的とも言える態度になって彼は続けた。「あなたはいつからクリステンセン夫人に雇われているのでしょう?」

「彼女がわたしにお給金を払えるようになってからずっとです」

W・Tは顔をしかめた。融通のきかない証人というのは困ったものだ。

「わたしが言いたいのは、いつからあの方をご存じかということなのですが」彼はぴしりと言った。

「でしたら、奥様が生まれたときからですよ。わたしは彼女の乳母でしたから」

「ああ、なるほど」〈猟犬〉はいくらか同情的な口調になった。「では、あの方をさぞや好いておられるのでしょうな」

「ええ、わが子も同様に」

その言葉の一途《いちず》な激しさに、W・Tは思わず目をあげた。相手の小さな暗い瞳をよぎった表情がちらりと見えただけだったが、それでじゅうぶんだった。彼はこの女の人生最大の情熱に触れたのだ――ただ一人の対象に注がれる、子のない女性の深く素朴な、驚くほど強い母性本能に。

「なるほど」W・Tは静かに言った。「それならあなたは今やあの方を助けるために、できるだけわたしを助けてくださらなければなりません」

「あの方を助けるために?」子守女は蔑むように叫んだ。「あなたはこの家に足を踏み入れてからというもの、あの可哀想な子を恐怖で狂わんばかりにしているだけじゃないの――こんな発砲騒ぎが起きるまえから、心配事が山ほどあったのに」

W・Tは耳をそばだてた。

「こんな騒ぎが起きるまえから?」

老女はしばし黙って疑わしげに彼を見つめたあと、

「彼女はあなたにどこまで話したの?」と詰問口調で言った。

「クラウザー氏について? 何もかもですよ」W・Tはすかさず答えた。「なぜあの方が事実を隠さなければならんのです?」

老女の表情は変わらなかった。暗い瞳にはまだありありと疑念が見て取れる。

「そうね……」ついに老女は言った。「まあ、それもそうだわ。とにかく、奥様はしじゅうあの男にまとわりつかれていたんです。おかげで頭がおかしくなりそうだった。ほんとに、あれは悪魔のような男でしたよ」

「たしかに、クラウザー氏は誰にも好かれていなかったようですな」とW・T。

「好かれる理由がありませんでしたからね。ここでもあちらの家でも、あの男が死んだと聞いて喜んでいない者などいませんよ――ただの一人も」

「それはいささか大雑把《おおざっぱ》なご意見ではありませんかな、ミス・フィリップス」W・Tは穏やかに言った。「たとえば、あなたご自身ですが――あなたがなぜクラウザーの死を喜ばなければならんのです?」

「なぜ? あの男は奥様の人生を堪《た》えがたいものにしていたというのに?」気むずかし屋の老女はつかのま怒りを燃えあがらせた。「わたしは彼が死んで大喜びでしたよ。それこそわたしがこの五年間、夜《よ》な夜《よ》なひざまずいて祈り続けてきたことですからね。彼の死を喜びましたとも」

「おやおや、ご自分が何を口にしているか考えてください」W・Tはたしなめた。「相手は殺されたばかりなのですよ。そんなことを好き放題に言われたら、こちらはどう考えればいいのでしょうな?」

「あなたがどう考えようと知ったことじゃありません」老女は頑として言った。「わたしは事実を話しているのだし、慈悲深い主《しゅ》が罪なき者をお守りくださいます。この手で撃ったわけじゃないけど、わたしはあの男の死を願っていた。たとえ機会があってもやらなかったと言う気はありません」

W・Tは椅子の背にもたれて額をこすった。

「こちらとしては、そんな態度はきわめて無分別だとくり返すしかありません、ミス・フィリップス」彼は堅苦しく言った。「検死審問のさいには言葉に注意なさることです――法の番人はたいそう疑い深い御仁《ごじん》ばかりですからな、どうかお忘れなく。いや、ちょっと待ってください。あなたが行かれるまえに、まだ少々お訊きしたいことがあります。まず最初に、クラウザー氏が〈砂丘邸〉へ越してきたのは何年前のことですか？」

老女は肩をすくめた。

「さあね——四年か、ひょっとしたら五年ぐらいまえですよ」

「正確に思い出せませんか？」W・Tはやんわりうながした。「記憶にある何かほかの出来事から特定してみてください」

老女は彼にちらりと鋭い、疑わしげな目を向け、

「六年ちょっとまえのことです」とようやく答えた。

「どうしてわかったのですか？」

「ジ、ョ、ア、ー、ンの年齢からですよ」その名の発音に、お国訛《なま》りのかすかな名残《なごり》がうかがえた。「あの子が生まれる一年ちょっとまえに越してきたんです」

「まえに？」W・Tは眉をつりあげた。「たしかクリステンセン夫人は一年後だとおっしゃっていましたが」

一瞬、まぶたをピクリとさせたあと、老女は平然と答えた。

「いいえ、一年ちょっとまえでした。彼女は忘れていたのでしょう」

「それは奇妙だ」とW・T。「どうでしょう。クラウザー氏は〈砂丘邸〉へ越してきた当初は、クリステンセン夫人と——ええと、たとえば、昨日の時点より——好意的な関係でした

せんでした」

「あなたが何を考えてるかはわかってますよ。でもとんだ見込みちがいです。死んだあの男はそういうたぐいの男じゃなかった——たいそう罪深くはあったけど、その手の罪は犯しませんでした」

「なるほど」とW・T。「どうもありがとうございました。では、もうひとつだけ——ささいな点ですが、すべてをはっきりさせておきたいので……。ダイニングルームのあの猟銃、たぶんこの家のものだと思いますが——あれは常に装塡《そうてん》されていたのですか？　主として誰が使っていたのでしょう？」

老女は奇妙な目で彼を見つめた。

「あの人ですよ。あの人の銃だったんです」

「あの人？」W・Tはいぶかしげな顔をした。

老女はこともなげに言った。

「死んだあの男ですよ」

「では被害者自身の銃だと？」つかのまいつもの落ち着きを忘れ、W・Tは驚きの声をあげた。「誰がここへ持ってきたんです？　しばらくまえからこの家にあったのですか？」

痩せこけた老女はためらい、ビーズのような黒い両目で疑わしげに彼を眺めまわした。

「あなたに話すべきなのでしょうかね……」

テーブルの奥から身を乗り出したW・Tの端整な顔は、思いやりに満ちていた。

「ご心配なく――わたしは敵としてここへ来たのではありません、ミス・フィリップス。無実の人間が苦しまずにすむように、全力で犯人を突きとめようとしているだけなのです」

老女は重々しく彼を見つめ、

「それを信じましょう」と言ったあと、ぶっきらぼうに続けた。「あなたが気に入ったんですよ――正直言って最初にこの部屋に来たときは、こんな詮索がましい出しゃばり屋にはお目にかかったことがないと思ったものですけどね。それじゃ、あの銃について知ってることをそっくり話しましょうか」

相手が一息ついたすきに、W・Tはジェリーに彼女の話を書きとめるように合図した。それから、

「では」とうながした。「お聞きしましょう……」

老女は深々と息を吸い込んだ。

「たぶんもうお気づきでしょうけど、ここの育児室の外のバルコニーは、ダイニングルームのフランス窓の真上にあって――」彼女は切り出した。「わたしは午後はときおりそこにすわってすごすんですよ。二日前もそこで縫物をしてました。すると四時ごろ、死んだあの男が森からひょっこりあらわれたみたいに、あの銃を小脇に抱えて芝生を横切ってくるのが見

えたんです。といっても、あちらはわたしを見ませんでした」老女はちらりと皮肉な笑みを浮かべた。「ダイニングルームに注意を取られて、わたしに気づきもせずに真下を通りすぎていったんです。室内にはロジャー様――つまりミスタ・クリステンセンですけど、わたしはいつもロジャー様とお呼びしてるので――がおられて、あの男が話しかけるのが聞こえました。『やあ、きみ』と言ったあと、あなたにもほかの誰にも話す気になれないような言葉を口にしたんです――何と、奥様が不義を働いているとでも言わんばかりに」老女は言葉を切った。

「じつに不快な人物ですな」とW・T。「それで、ミスタ・クリステンセンは何と言われましたか？」

エスターはためらい、ついに答えた。

「これをお話しするのは、そちらの善意を信じるからですよ。これはほかの誰にもいっさい話していません」

「それは正解でした」W・Tは励ますように言った。「われわれを信じていただいてけっこうです」

「ロジャー様は、あの男に食ってかかりました」老女は続けた。「恥を知れ、と。するとあの男は笑いはじめましたが、ほんとにいやな笑い方で、得意満面とでも言うしかない――心底、悦に入ったような笑い方なんです。そしてこう言いました――バルコニーの上のわたしには、同じ部屋にいるみたいにはっきり聞こえましたけど——『わたしが憎いだろうな、クリステンセン？　それに恐ろしくもあるんじゃないのかね？』」

老女が話し続けるあいだ、ランプの光に照らされた小さな部屋は異様な静寂に包まれ、その中で彼女の甲高い声が奇妙にドラマチックに響き渡った。

「ロジャー様は何も答えませんでした。すると、あの男はまた大声で笑いながら悪態をつきはじめたんです。『この臆病者め！』とか、ここでは口にするのもはばかられるような言葉で。そしてさらに、『きみに少しでも骨があればわたしを殺すはずだがね、そんな度胸はないだろう——怖いんだな？　わたしを殺せ、クリステンセン。こっちは殺されて当然のことをしてるんだ……殺すがいい、このべそっかきの腰抜けめ』」

老女ははたと言葉を切ってW・Tを見つめ、本能的に声を低めた。

「あの男はロジャー様をなぶり続けました……そしてとつぜん、はっきりこう言うのが聞こえたんです。『ほら、ここにわたしの銃がある——弾も込めてあるぞ。一発でわたしを倒せるはずだ。これを手に取れ、クリステンセン。そうしてわたしを撃ってみろ。怖いんだな？　撃てっこないのはわかっているさ——だが撃ちたいはずだ。いやはや！　きみはどれほど撃ちたいことか、クリステンセン！　そうすれば彼女を自分一人のものにできるのだからな。この銃を取らないのか？　そうだと思ったよ。だがここの隅に置いていってやろう——弾を込めたまま。その気になればいつでも——いいか、いつでもだぞ、この臆病者め——あの銃はずっとそこにある』それだけ言うと、あの男はまた外の芝生の上に姿をあらわし、一人で笑いながら小道を遠ざかっていきました」

老女の声が途切れると、かたずを呑んで聞き入っていたジェリーと父親は思わずため息をついた。エスターは気がかりそうに彼らに目を向けた。

「それであの銃はあそこにあったんですよ。あなたがたに話したのが間違いでなければいいんですけど」

「あなたはできるかぎりでいちばん賢明なことをしましたよ」W・Tは穏やかに言った。「どんな事実も必ず、いずれは明るみに出るものですからね。早ければ早いほどいい。ところで、この午後は銃声があがったときどこにいましたか？　育児室かな？」

「いいえ、納戸で予備のリネンを調べてました。何なら二階へ見にいってくだされば、シーツやテーブルクロスが残らず引っ張り出されてるのがわかります。ほとんどずっと、メイドのキャスリーンが手伝ってくれていましたが、銃声が聞こえたときにはあの娘《こ》はお茶の支度をしに階下《した》へおりていました」

「かなりまえからですか？」

「ざっと五分ぐらいです」

「その納戸は育児室からかなり離れているのでしょうか？」

「この部屋の真上ですからね——いくらか離れてますよ」

W・Tはうなずいた。

「ありがとう。今度こそ本当にこれでぜんぶです。ではミスタ・クリステンセンにちょっとこちらへいらしてほしいと伝えていただけますか？　本当にありがとうございました」

エスターの背後でドアが閉まると、ジェリーはにやりとした。

「何はともあれ、ご老女は無実というわけですね」

「ご老女はなかなかの切れ者だよ」

ジェリーは肝《きも》をつぶして父親を見た。

「それじゃ今の話を信じていないんですか？」

W・Tはかぶりをふった。

「いや、むしろ心から信じているさ……彼女が口にしたことは残らず。だがあのご老女は何かを隠しているぞ、ジェリー、何かをな。それがこの事件の尋常ならざる点だ。誰もが何かを隠しているとしか思えん。被害者はよほど尋常ならざる男だったにちがいない。ひょっとして――」

話をさえぎるように、もどかしげなノックの音がしたかと思うと、さっとドアが開いて車椅子に乗った男が部屋に飛び込んできた。

W・Tとジェリーはいささか虚をつかれた。事件の調査に没頭するうちに、この車椅子のことを忘れかけていたのだ。青白い、悩ましげな、整った顔はすぐに見分けがついた――これがロジャー・クリステンセン、身体の不自由な夫——臆病者と嘲笑《あざわら》われた男だ。

彼はW・Tがまえにしているテーブルのそばまで一気に車椅子を進めると、片手をのばしてテーブルの縁をつかんだ。そうして身体を支えると、頭と左右の肩だけがテーブルの上に高々とつき出す格好になる。その姿を見つめるチャロナー父子《おやこ》の脳裏に、同時にひとつの考えがひらめいた。ダイニングテーブルの上の猟銃、焼け焦げたテーブルクロス……。

エリック・クラウザーの命を奪った銃弾を放った者は、男であれ女であれ、床にひざまずいていたか……もしくは、椅子にすわっていたはずだ……。

第四章 車椅子の男

車椅子の男があらわれたあと、しばし室内をおおった張りつめた沈黙を最初に破ったのは、当のロジャー・クリステンセンだった。

「わたしをお呼びとか？」

ジェリーはまたもや、その声の静かな魅力に心打たれた。それに、かつてはさぞや精悍《せいかん》だったはずのやつれた顔に浮かんだ穏やかな、憂《うれ》いに満ちた表情に。

W・T・チャロナー警部はにわかに鋭さを増した、心の底まで見通すような青い目をひたとロジャーに向けた。

「あなたはロジャー・ウィリアム・クリステンセン——この家の所有者ですね？」

「はい」と簡潔に答えた声は静かで耳に快く、ジェリーはまたもやこの男への奇妙な共感を覚えた。

だが〈猟犬〉チャロナーの態度は変わらず、いつもの父親めいた優しさが消え失せている。彼は今や虎視《こし》眈々《たんたん》と目を光らせる、油断ない男になっていた。

「事件が起きたときは、どこにおられましたか？」W・Tは前置きなしにずばりと尋ね、ほんのわずかでも驚きや、動揺を抑えようとする気配はないかと相手の顔に目をこらした。けれど、何かうしろめたげな兆候を期待していたのなら、空振《からぶ》りだった。ロジャー・クリステンセンの重々しい整った顔はピクリともしなかった。

「わたしは客間にいました」ロジャーは言った。「このすぐとなり、つまり、ここどダイニングルームのあいだの部屋に」

「むろん、それは証明できるのでしょうな？」W・Tはそっけない、事務的な口調で尋ねた。

相手は少々驚いたようだった。

「いや、それは」と、恨めしげに笑い、「証明できそうにありません。ずっと一人であれこれ本をめくりながら、家内がお茶を飲みに入ってくるのを待っていたので。本は銃声を聞いて部屋を出たときのままになっていますが——そんなものが証拠になるのかどうか」

W・Tはその最後の言葉を無視し、いつも持ち歩いている小さな赤い、刑事らしからぬ手帳にせっせとメモを書きとめている。そしてやおら、質問を続けた。

「銃声が聞こえたときは、どうされましたか？」

「急いでホールに出ていきましたよ――当然ながら。すさまじい音でしたから」

「たしかに」W・Tは手帳から目をあげずに言った。「あなたは現場のいちばん近くにおられたはずですからな。遺体を最初に発見したのはあなたでしたか？」

「いや、あいにくそうはいきませんでした」さりげない、静かな打ち解けた口調だ。ロジャー・クリステンセンがこの悲劇に恐怖や緊張を感じていたとしても、その影響は青白いやつれた顔にわずかにうかがえるだけだった。「わたしは内開き、つまり手前に開くドアには、いつも少々てこずるんです。ご覧のとおり、こんな椅子にかけていたのでは仕方ない」ロジャーはいくらかぎごちなく笑い、気まずげに顔を赤らめた。「とくにあのときは、客間のドアを開けるのにいつもより手間取ったんじゃないかと思います――たぶん、あのすごい音に不安になって。ようやくホールに出ると、メイドのキャスリーンが立っていて、次の瞬間に家内がダイニングルームのドアから飛び出してきました――クラウザーが殺されたとか、金切り声で泣き叫びながら」

ロジャーがそこで言葉を切ると、W・Tは眉根を寄せた。ややあって、

「よろしければ、ミスタ・クリステンセン」と切り出した。「今すぐメイドのキャスリーン

を呼んで、その点を確かめるとしましょう」

ロジャーは頭をさげた。

「どうぞご随意に」

W・Tはその伏し目のあきらめきった表情に専門家らしい視線を向け、しばし無言でじっと見入った。それから赤毛の巡査をふり向き、

「キャスリーン・グッディを呼んでもらえるかね、巡査」

やがて、一同が静まり返って待つ部屋に、巡査が小柄なぽっちゃりした丸顔の少女を連れてきた。さきほどおもての通りで気を失い、巡査とジェリーがこの家へ運び込んだ少女だ。

キャスリーンはまだ怯えきった様子で、茶色い両目を真ん丸に見開き、脚を震わせながらW・T・チャロナー警部のまえにたたずんだ。糊のきいたエプロンは揉みしだかれて皺《しわ》くちゃになり、小粋《こいき》な午後用の帽子は頭のわきのちりちりのカールの上にずり落ちている。

その憔悴《しょうすい》ぶりを見るなり、W・Tはいつもの慈愛に満ちた態度にもどり、彼女に優しく微笑みかけた。

「さて、キャスリーン」彼は言った。「この午後に起きたことをよーく思い出してみてほしいんだ。きみはほとんどずっと二階の納戸でフィリップスさんとリネン類の整理をしていた。そうだね？」

「は……はい」キャスリーンはやっとのことで答えた。

「よし」W・Tは満面の笑みを浮かべた。「で、そのあとは？」

「ええと――お茶の用意をしに階下《した》へおりてきました」キャスリーンはにわかに落ち着きを取りもどしていた。「そしたら、食料貯蔵室《パントリー》にバターを取りにいったとき――」不意に声がかすれ、キャスリーンはまた震えはじめた。「ズドーンって音がしたんです」

「ほう？」W・Tは犯罪捜査部の隅々にまで知れ渡っている驚くべき忍耐強さで言った。

「で、きみはどうしたのかね？」

キャスリーンは必死に気を取りなおし、しゃがれ声で答えた。

「あの……『わっ！』と叫んで、バターを落っことしました」

ジェリーは思わず笑みをこぼしたが、W・Tの表情は少しも変わらなかった。

「そりゃ無理もない」と快活に言い、「で、それからすぐにホールへ出ていったのかい？」

「いえ、刑事さん」哀れなキャスリーンは、支離滅裂な考えをどうにかまとめようとした。

「料理人さんに、そのまえにまずバターを拾わされたので」

「ああ、それじゃ料理人さんもそこにいたんだね？」

「はい」

「銃声が聞こえたときだが」

「はい、そうです」

「銃声を聞いたあとホールへ出ていくまでに、どれぐらいかかった？　三分ぐらいかかな？」

キャスリーンはためらった。

「ええと、まずバターを落として——貯蔵室のドアへ駆け寄りました。それから料理人さんに言われてバターを拾いにもどったんです。バターを拾いあげ、きれいなお皿に乗せて、そのあと調理場を走り抜けてホールへ飛び出したから……三分ぐらいのはずです」

「いいぞ」とW・T。「ホールに着くと何が見えた?」

「旦那様が車椅子を斜めにして、客間のドアからじりじり出てらっしゃるのが見えました」メイドはさっさと話を終わらせたがっているようだった。「そうこうするうちにダイニングルームのドアがぱっと開いて、奥様が悲鳴をあげながら飛び出してきたんです。それで、あの、ダイニングルームに入ってみたら——」茶色い瞳がまたもや恐怖に見開かれ、キャスリーンはみるみる青ざめてしどろもどろになった。

「よしよし、もういい、キャスリーン」W・Tは急いで言った。「わたしが知りたかったのはそれだけだ。きみはもう行ってかまわんぞ。ジェリー、ミス・グッディにドアを開けてあげなさい。さあ、だいじょうぶ——心配は無用だ。あそこで見たもののことは考えんようにな。もうぜんぶすんだことだ」

ジェリーが生涯に一度でも女性を部屋から追い出すようなまねをしたとすれば、このときがそうだろう。キャスリーンがまた卒倒するのではないかと気が気ではなく、彼女を無事にとなりの客間——今では裁判所の待合室のようなものになっていた——にすわらせたときには、かつてないほど心底ほっとしたものだった。

そこにはノーラ（例の踵《かかと》にまめができた娘）もいて、部屋の隅の暖炉のそばに腰かけていた。ジェリーが入ってゆくと弱々しく微笑みかけてきたので、彼は不意に、わけもなく彼女を慰めたくなった。今回の件で、さぞかしひどい屈辱とショックを感じているにちがいない。だが彼女に声をかけようと部屋を横切りかけたとき、ふとあるものに目がとまってジェリーはどきりとした。

それは一枚のドア――窓のはす向かいの、この客間とダイニングルームを隔てている壁にあるドアだった。今まであちら側からは気づかなかったが、おそらくダイニングルームの分厚いカーテンの陰の薄暗い隅につながっているのだ。たちまち、こんな出入り口があれば可能な種々のケースが思い浮かんだ。

あの車椅子の男は自ら認めるところによれば、事件が起きたときこの客間にいた。そして銃声がした三分後にホールへ出ていったのだ。その三分のあいだにこの第二のドアを使って大急ぎでダイニングルームからもどり、向こうのもうひとつのドアからホールへ出ていったのでは？　あの子守役の老女、エスターの話からして――それに焼け焦げたテーブルクロスや、夫の嫉妬を認めたも同然のクリステンセン夫人の証言からも――この謎めいた事件の解答は今やそれしかないように思えた。

ジェリーはその発見に息を呑み、問題のドアを指さしながら、どうにかさりげない、無頓《むとん》着《ちゃく》とすら言える口調を保って言った。

「ええと……あのドアは開くのかな？」

ノーラはいくらか驚いたように彼を見あげた。

「もちろん開きますけど。なぜ？」

「いやその、鍵がかけられてるとかいうことはないんですよね？」ジェリーはなおも尋ねた。

ノーラは椅子から身を乗り出し、ノブをまわしてドアを引き開けた。

「ね？　いつもこんなふうにしてあって、みんなちょくちょく使っているんです」

ジェリーは答えなかった。自分の発見したことにショックを受けて、しばし彼女がいることをきれいさっぱり忘れるという許しがたい罪を犯したのだ。次の瞬間にはくるりときびすを返し、呆気《あっけ》にとられて見つめる娘を残して小さな居間へと大急ぎでもどりはじめていた。

居間にもどったジェリーが無言で父親の椅子の背後の定位置に着いたとき、

「もちろん――」とW・Tは言っていた。「もちろん、ミスタ・クリステンセン、あのメイドの証言であなたの話はじゅうぶん裏付けられました。しかし恐縮ながらちょっと奥様に関して、お尋ねしたいことがあるのです。これまでのところ、その点については証言が大きく食いちがっているので――」

車椅子の男はW・Tをひたと見すえた。

「何でも遠慮なくお訊きください、チャロナー警部。お心遣いには感謝しますが、わたしはことの重大性にはっきり気づいていますので。お役に立てるよう、全力を尽くすつもりです」

静かな誠意のこもった言葉に、聞き手はみな思わず胸を打たれた。

新たな仮説で頭がいっぱいになっていたジェリーは哀れみがこみあげるのを感じ、ふたたび口を開いたW・Tの声も、いくらかいつもの彼らしい温かみのあるものになっていた。

「ミスタ・クリステンセン」チャロナー警部は言った。「あなたは何らかの理由で、奥様はエリック・クラウザーに求愛されているとお考えでしたか？」

車椅子の男はゆっくり視線をあげて警部の顔をまっすぐに見つめた。そしてついに、

「いや」と答えた。

W・Tがしばしためらうのを見て、ジェリーはエスター・フィリップスの生々しい証言を思い浮かべた。彼女がバルコニーで耳にしたという男たちの会話についての話だ。W・Tもそれを考えていたとみえ、しばらくするとこう続けた。

「こんな言い方をせざるをえないのは残念ですし、ミスタ・クリステンセン、奥様がいかなる求愛も快く受け入れていたとは思えません。しかし被害者はある種の――その――不義が行われているようなことを口にしてはいませんでしたか？」

車椅子の男は答えるまえにしばし間を置き、心労にやつれた端整な顔に何とも言えない嫌悪と蔑《さげす》みの表情を浮かべた。

「クラウザーはこの世に二人といないろくでなしでした！」ロジャー・クリステンセンはとつぜん語気を強めた。「ときには気が触れているとしか思えず――それで少しは許せる気持ちになったものですが」

室内は水を打ったように静まり、ロジャーはさして声を高めなかったにもかかわらず、彼の言葉がこだまのようにあたり一面に響いているかのようだった。

そのあと最初に口を開いたＷ・Ｔは、当惑のにじむ重々しい声で言った。

「少しばかり説明していただく必要がありそうですな、ミスタ・クリステンセン」

相手はうなずき、細長い指を落ち着きなく絡み合わせてはほどきながら話しはじめた。

「エリック・クラウザーは弱い者いじめの卑怯者でした」さっきと同じ、抑制された激しさがありありと感じられる声だ。「わたしがご覧のとおりの姿で戦地からもどったその日から、彼はわがもの顔でこの家に乗り込んできては、家内の不義をほのめかしていた。最初は、ほとんどわからないほどやんわりと。それから徐々に露骨に――身ぶり手ぶりを交え、これ見よがしに、嘘八百を並べて」

最後はささやくような声になっていた。Ｗ・Ｔは驚きを隠そうともせずに彼を見つめた。

「嘘八百？」と口ごもりながら言う。

「もちろんです！」ロジャーは蔑むように答えた。「グレースがあんな男のためにわたしを裏切るなんて、およそ考えられないことだ。それに」彼はとつぜん、誰もが一目置かざるをえないあの静かな、誠意のこもった口調にもどって言った。「それに、一人の女性を心から愛している男なら、彼女が不実かどうかを他人に教えられる必要はない——ほかの誰より先に気づくはずですからね」

重々しくうなずく父親を見て、ジェリーは奇妙に自分の若さと未熟さが恥ずかしくなった。ややあって、W・Tがふたたび口を開いた。

「しかし相手が嘘をついているとわかっていながら、なぜ黙って許しておいたのかわかりませんな。とりわけ、あなたは彼の厚かましさに憤慨しておられたようなのに」

「我慢するしかなかったんですよ」ロジャー・クリステンセンの声はまだ静かだったが、うわべの穏やかさの下に、燃えさかる怒りがほの見えていた。「ほかにどうすればよかったんです？　彼は何を言われても平気な男だった。礼儀を知らず——プライドもない。もちろん、警察に話して——不法侵入か迷惑行為で訴えてやることもできたのだろうが、それは気が進まなかった。家内は世間の噂になるのをひどく恐れていて——わたしと同じぐらいクラウザーを嫌いながらも、決してそのことを話し合おうとしなかった。こちらも無理強《じ》いはしませんでした」幅広の、感じやすそうな口元に苦々しげな笑みが浮かんだ。「あの手の男に思い知らせるには、鞭でもふるってやるしかないんです。だが見てのとおり、わたしにはその方法を取るのは無理だった……いやはや！　ほんの一時間でも元の力を取りもどせるなら何でもやったのに！」

最後の言葉は思わず口から飛び出たもので、その痛切な響きにジェリーは胸をつかれた。

W・Tは眉をひそめ、穏やかに言った。

「あなたはきわめて危険な発言をされていますぞ、ミスタ・クリステンセン——その重大性にしかと気づいておられますか？」

相手はうなずき、ゆっくりと答えた。

「さきほど、知っていることはすべてお話しすると言ったはずです。わたしはクラウザーを殺してはいません——たとえ殺していても、そのまえにまず八つ裂きにしてやれなかったことを恥じるだけでしょうがね。わたしは銃声がするまで客間にいた。その後の行動は、すでにお話ししたとおりです」

ジェリーは客間のふたつ目のドアを思い浮かべ、胸の中で心臓が飛びはねるのを感じた。この重々しい真摯《しんし》な口ぶりの男が、敵を殺《あや》めておきながら、今ここで平然と嘘をつくとは思えない。だが確たる証拠をまえにしては、それしか説明のしようがなさそうだった。

チャロナー警部はため息をついた。

「では、ミスタ・クリステンセン、当面はこれぐらいでじゅうぶんでしょう。ただしもちろん、この家を離れないようお願いしなくてはなりません。まあ、わたしならみなをさっさと寝床に追いやるところでしょうな。こちらも今夜はもうあまりできることはなさそうだ。ほかの取り調べは明朝までのばすとして……その間、どうか今回の件はできるだけご内密に」

ロジャーはうなずき、

「それはご心配なく」と静かに答えたあと、がらりと口調を変えて続けた。「今夜はこちらに泊まられますか？　よろしければ、息子さんと予備の寝室にでも……」

「それはご親切に——ありがたくお受けします」Ｗ・Ｔはにこやかに答えた。「ただし、わたしが階下《した》をうろつきまわるのが聞こえてもご心配なく。もともとろくに眠りを必要としないたちで、夜のほうが血のめぐりがいいのでね」

ロジャーはかすかに笑みを浮かべた。

「よくわかります」そう答えると、車椅子の向きを変え、ジェリーが開いたドアからホールへ出ていった。

「さてと、そちらはどうかな、警部？　それにきみは、巡査？」ドアが閉まるとＷ・Ｔは言った。「よければ今夜はこれで切りあげるとして、明日また、できるだけ早くここへ来てもらいたい。今夜のうちに誰かが人騒がせな逃亡を試みるとは思えんし、まんいちそんなことになっても、ジェリーとわたしで対処できるだろう。それに、ここらで少し静かに考えてみるのがいちばんに思えるのだが。それでどうかね？」

あんのじょう、地元署の警部と巡査はその提案に異議を唱えず、それから十分足らずのうちにジェリーは父親と二人きりになっていた。

第五章　残された唯一の可能性

「さてと」W・T・チャロナー警部は部屋の向こうの息子にからかうような目を向けた。「おまえは殺人者を見つけたのかね、ジェリー？」

ジェリーはわずかに顔をしかめた。

「残念ながらね。じつに見えすいた話じゃないですか」

W・Tは眉をつりあげ、声をひそめて言った。

「じゃあまだ、あの気の毒なご亭主のしわざだと思っとるのか？」

「当然ですよ……だってほら、それは——議論の余地がないでしょう」ジェリーはしだいに熱を帯びた口調になっていた。「心から気の毒だとは思うけど、彼が犯人なのはもう疑いようがありません。ねえ、お父さん、ことはこんなふうに起きたんです……」

ジェリーはさきほど客間で考えた仮説をざっと話してみせ、「お父さんはあのドアに気づいてましたか？」と勢い込んで尋ねた。「いつも施錠はされておらず、家じゅうの人が使ってるそうですよ。だからロジャー・クリステンセンはいとも簡単にあそこからダイニングルームへ移り、部屋の隅にあった銃を取りあげ、テーブルに乗せて撃つことができたわけです。

そのあと大急ぎで客間へもどり、メインドアからホールへ出ていった。明々白々ですよ――彼は自分から尻尾を出してしまったんです」

W・Tはため息をついた。

「ジェリー……おまえは目ざとく、想像力が豊かで、熱意も満々だ。だが、とうてい刑事にはなれんぞ――基礎がなっとらん。施錠はされていなかったということ以外に、あのドアについて何か気づいたか？」

「いや、とくには。なぜですか？」

W・Tは小さな手帳を取り出し、考え込むようにページを繰った。

「ああ」とついに声をあげ、「見つけたぞ。あのドアはな、ジェリー、わたしがこれまで目にした中でもっとも幅の狭いドアのひとつだ。それがじつに印象的だったので、サイズを測ってみたのさ。横幅は二十六インチそこそこだった。いっぽう親愛なるクリステンセン氏の車椅子は、めったに見ないほど幅の広いものだ。ほら、あそこの床の上の新聞紙に車輪の跡がついている――ちょっと左右の幅を測ってみてくれ」

ジェリーはさし出されたテープを受け取り、父親の指示に従うべく四つん這《ば》いになった。

「二十七インチ半だ」と言って目をあげたときには、顔がいつもよりわずかに赤くなっていた。

W・Tはうなずいた。

「しかもそれは車軸の突き出た部分を抜いた長さだからな。彼があのドアを通り抜けられたはずはない。というわけで、ジェリー、そのささやかな仮説は一巻の終わりだ。いや、ロジャー・クリステンセンがあの殺人を犯すには、クラウザーがホールに入ってくるのを聞きつけるやメインドアから客間を飛び出し、相手を追い越してダイニングルームのテーブルの向こう側へまわり込み、隅の銃を取りあげて彼を撃つしかなかったはずだ。そのあとはまたドアの内側にころがった死体を注意深く避けて部屋から飛び出し——まあ至難の業《わざ》だろうがね——ホールを横切って客間へもどるしかなかったわけだが、それをすべて、キャスリーンがあらわれるまえにやったことになるんだぞ——彼女は主人が客間に入るところではなく、出てくるところを見たのだからな。車椅子の男が三分間でそれだけやってのけるのはかなりの早業じゃないのかね？　だがあのメイドによれば、ロジャー・クリステンセンは車椅子をかたむけて客間のドアを〝じりじり〟通り抜けなければならなかったんだ。ちなみに、おまえもよく注意して見れば、この家のドアフレームはどれも彼が出入りしたさいの傷跡だらけなのに気づくはずだぞ。いいや、ジェリー、とうてい彼が犯人だとは思えんね」

ジェリーは床にしゃがみ込んだまま父親を見あげた——生来のどこか戸惑ったような表情が、今は百倍も強まっている。

「でも、それじゃ——誰が……？」

W・Tはうなずき、ぼさぼさの白髪頭を両手でかきあげた。

「ああ、まさにそこだよ。いったい全体、誰のしわざなんだ？　いやはや、犯人はすぐそこにいるはずなのに、その男――あるいは女――の正体がさっぱりつかめんときた」

W・Tはしばし黙り込んだあと、彼にはめずらしいほど腹立たしげな口調でぶちまけた。

「まったくしゃくにさわる事件だよ、ジェリー」と不機嫌に言い、「ある種の証拠なら、この家の住人の半分を絞首刑にできるほどそろっとるのに、彼らの誰についても真に決定的な証拠はいっさい見つからん」

W・Tはしばし言葉を切り、いくらかゆっくり先を続けた。

「奇妙なのはそれだけじゃない。彼らはみな、やましいことなどないかのようにふるまいながら、何かを隠そうとしとるんだ。どの人物にもクラウザーを殺す動機があり、それをおおっぴらに認めているが、自分は安全だと思っていなければ、正気の人間にそんなことができるはずはない。一人ずつ見直してみようじゃないか。まずクリステンセン夫人。彼女は遺体の発見者――少なくとも、遺体のある部屋から出てくるのを見られた最初の人物だ。本人が――じつに不可解にも――はっきり認めているとおり、彼女はクラウザーにしつこくつきまとわれて彼を毛嫌いしていた。彼が今日ここに来たのも彼女に会うためで――それは確認されている。彼女によれば、夫のロジャーはクラウザーに嫉妬していたようだが――のちに、それは事実ではないことが判明した。彼女は何かを隠そうとしてたんだ――クラウザーと共有していた何らかの秘密を。それがどんな性質のものかはまだわからんが」

W・Tは言葉を切って、息子に目をやった。

「これまでのところ、事態はクリステンセン夫人にかなり不利に見える。しかし、自分の言葉がどんなふうに取られたか気づいたときの彼女の叫び声には、間違いなく恐怖と同じぐらい驚きがこもっていた。それに、彼女は娘を呼ばせ――いいかね、わたしではなく、彼女があの子を呼ばせたんだぞ――おかげで唯一のアリバイを台なしにした。あの非凡な古顔の警部が指摘したとおり、かりに彼女が犯人なら娘を遠ざけたことを憶えていて、あの子に都合のいい答えを教え込むまでおもてには出さなかったはずだ。たしかに、どちらもささいなことではあるが、とうてい無視はできない。少なくとも、まだ彼女を逮捕する気にはなれんね。そのまえに知っておかねばならんことが山ほどある気がするんだよ。さて、次は彼女の夫だ」

W・Tは顔をしかめ、やおら続けた。

「いくつかの事実――凶器の銃の置かれた場所や、自ら認めた被害者への憎悪――を見るかぎりでは、夫人の場合と同様、彼が犯人だったとしても少しもおかしくはない。しかし、三分間であれだけのことをするのはむずかしそうだという例の問題はべつとして、わたしは彼の話そのものを信じたい気がするね――あれには真実の響きがあった」

ジェリーはうなずいた。

「たしかにね」と相槌《あいづち》をうち、「彼は本気で力になろうとしてるみたいでしたよ」

W・Tは皮肉な笑みを浮かべた。

「それはしばしば有罪のしるしなんだがね。ぜひとも協力したいと言って他人について長々としゃべる人間は、たいてい何かを隠しとるものだ。だがロジャー・クリステンセンのように自分のことを洗いざらい話すのは、もしも彼が犯人なら異例のことだ」

「すると残るは子守女のエスターか……」とジェリー。

「ああ、だがそこにも問題がある。むろん、あの子守女がクラウザーを殺《や》ったのかもしれん――大いにありうることだ。彼女はクラウザーを憎んでいた――あんな男は死んで当然だ、死ぬことを祈っていたとまで言っている。おまけに、事件が起きたとき彼女が何をしていたか証言できる者はない。メイドのキャスリーンが階下《した》へ去ったあと、二階のホールを横切って育児室へ行き、ベランダから庭へおりる時間はあったはずだし、フランス窓からダイニングルームに忍び込み、ドアから入ってきたクラウザーを撃ったあと、クリステンセン夫人が家の向こう側から駆けつけるまえに同じ経路で二階へもどることもできたろう。たしかに、どれも可能だが、だからといって納得できるかね？　彼女がいた納戸の窓は庭に面しているんだぞ。エスターはなぜクラウザーがあらわれるタイミングを正確に知っていたんだ？　そそれに、なぜ銃をテーブルに置いて撃ったりしたんだ？

いずれにせよこの件の犯人は、瞬時に犯行に及んだ。そのまえに言い争ったりする暇はなかったはずだ。使用人の証言によれば、クラウザーは四時十五分すぎに自宅を出て――その五分後には死んでいたのだからな。彼らはみなこの件について何かを知っている。ところがジェリー、殺人そのものについては、彼らの犯行を示す証拠はろくにないんだ。それはメイドのキャスリーンや、さきほど見かけたクリステンセン夫人の妹や、こんなところにいること自体が謎でしかないあの悪党のクラリー・ゲイルの場合も同じだ……」

　ジェリーはしばし黙りこくってしゃがんでいたあと、重々しく目をあげた。

「すると、残された唯一の可能性は……」

「チェリーニだ」とW・T。「彼についてはじきに知らせが入るだろうが、今やチェリーニがいちばんの有望株だな。ただし——」W・Tは不意に、いまいましげな笑い声をあげた。「ただし、とつぜん尻に帆かけて逃げ出したりしなければ、彼についてもほかのみんなと同様、ろくな証拠はなかったはずだがね」

　W・Tが話し終えるか否かのうちに、彼らの目のまえのドアをそっとたたく音がした。

「どうぞ」というW・Tの快活な叫びに応じてドアが開き、土気色の顔をした小男が室内にあらわれた。ぼさぼさの眉の下から真っ黒な鋭い目が疑わしげに周囲をうかがっている。王《F》立《R》外科医協会《C》特別会員《S.》のイヴリン・ケイヴ博士——スコットランドヤード屈指の有能な検死医だ。

　チャロナー警部は立ちあがって彼を迎えた。二人はよき友人であり、若かりしころには多くの事件で協力し合っていた。

「とくに目新しい発見はないのだろうな?」W・Tが物欲しげとも言えそうな口調で尋ねるのを聞いて、ジェリーははっとした。父親はこの複雑怪奇な事件がよほど癇《かん》にさわりはじめているようだ。

医師はためらい、

「いや……」とついに答えた。「どうやら……あの遺体は発見時のような状態で倒れたわけではなさそうだ。わたしは一目でぴんときたんだよ――むろん、あんな衝撃を受ければ仰向けにばったり倒れても不思議はないのだがね。その後に見つけた種々の小さな事実からして、今ではその最初の印象に確信がもてた」

W・Tは医師をまじまじと見つめ、

「どういう意味だ?」と鋭く尋ねた。「床に倒れたあと仰向けにころがった、あるいは――死後に誰かが動かしたのか?」

ドクター・ケイヴは両手を深々とポケットに突っ込んで爪先立ち、首をわずかにそらして古い仕事仲間の顔を見つめた。

「誰かがやっこさんを動かしたのさ。誰かがごろりと仰向けにころがした。ちょっと見にきたまえ」

ジェリーは父親と医師のあとに続いて、おぞましい血まみれのものが横たえられたままのダイニングルームに入っていった。

その午後、赤毛の巡査と不用意に踏み込んだときと同様に、室内の光景を見るなり胸がむかついた。だが医師とW・Tは興味深げに遺体の上にかがみ込んでいる――彼らを悩ませている問題の唯一の解答がそこに見つかるかもしれないと言わんばかりに。

「そら」ドクター・ケイヴは熱中するあまり、生来の冷静さをいくらか欠いた口調になっていた。「いいかね、ウィル、被害者は倒れた拍子に右肩をこのドレッサーにぶつけ、うつ伏せに投げ出されたんだ。それでこの大きな血だまりの説明がつく――彼はしばらくそのまま、多量の血を流し続けとったにちがいない。そら、周囲のそこらじゅうにシミが広がっている。仰向けに倒れたのなら、血の大半は体内に残っていたはずだ」

ジェリーは吐き気を覚えて目をそむけたが、W・Tは両目を細めて身を乗り出した。広々とした額の皺《しわ》が見る間に深まってゆく。

「なるほど」W・Tはゆっくりと言った。「じゃあきみは誰かがあとで遺体をひっくり返したと見とるわけだな？　たとえば――死者の顔を見たかった人間が」

「ああ」とケイヴは簡潔に答えた。「あるいは誰か、彼の胸ポケットを探りたかった人間だ」

小柄な医師が口をつぐむと、室内はしばし沈黙に包まれた。やがてW・Tは背筋をのばし、ゆっくり部屋の奥へと歩きはじめた。

「しかし何も盗られた形跡はなかったぞ。札入れは弾痕がついているほかは、手つかずのままだった。遺体から金銭は奪われていなかった……」

「それでも何かが奪われたのさ」医師は主張した。「このシャツの裂け目を見たまえ――あまりに血まみれで初めは気づかなかったが、散弾銃でこんな破れ方はしない。これは引き裂かれたんだよ」

W・Tはうなずき、

「きみの言うとおりだ、ケイヴ」と静かに言った。「これで事情はすっかり変わる……むろん、通常の盗みではなかったはずだがね」ややあって、W・Tは続けた。「犯人は何か、クラウザーが後生大事《ごしょうだいじ》に持っていたもの――失うのを恐れてボタンを留めたシャツの下に入れていたものが欲しかったんだ。やれやれ、これでようやく少しは何かがつかめそうだぞ」

W・Tはまたもや黙りこくって腕組みし、室内を行ったり来たりしはじめた。やがてとつぜん、床の上の無残なしろもののまえで足をとめ、しばしじっと見おろした。

「そうか」と唐突に言い、「ごく当然の――わかりきったことだ」

「何がですか?」ジェリーはこの新たな展開と、そこから思い浮かぶさまざまな可能性にすっかり戸惑っていた。

「つまりだな」とW・T。「誰であれ、事後にあの遺体を動かした者は、両手が血だらけになったはずなんだ。それは避けようがない――どれほど狡知《こうち》にたけた者でも、いっさい手を汚さずにあのシャツをこじ開け、被害者の胸元から包みを取り出せたはずはないからな。それが不可能なのはおまえも見ればわかるだろう。そこで、いくつかの事実を思い返すと……

まず、銃声がしたおおよそ三分後にはすべての容疑者――すなわち、この殺人を犯した可能性のあるすべての人間がホールに集まっていた。血痕というのは容易には隠せんものだ。その場のみなが本能的に周囲の者を盗み見て、『あなたが犯人？』と考えとるときに、血だらけの手に気づかれずにすむ見込みはまずないだろう」

「全員じゃない」ジェリーがとつぜん口をはさんだ。「すべての容疑者がホールにいたわけじゃありませんよ、お父さん」

W・Tはうなずいた。

「そのとおり。チェリーニはいなかった……ただし、いいかね、誰も彼をこの家の中では見ていない。おまえはこの午後、おもての通りですれ違ったあと彼がここへ来たと考えとるようだが、じっさいそれを目にしたわけじゃない――証明はできんはずだぞ。〈砂丘邸〉の料理人によれば、チェリーニが家にもどって二階へあがっていったのは、クラリー・ゲイルがここに呼び出されたあと――つまり町から警部がやってきてからで、事件が起きてから優に十五分はたっていた……。チェリーニがおまえの想像どおり、ここに来ていたのなら、銃声がしてから〈砂丘邸〉へもどって料理人に姿を見られるまでの十五分間はどこにいたのかね？」

W・Tはしばし沈黙したあと、ふたたび先を続けた。一語ずつ吟味《ぎんみ》しているかのように、ゆっくり、細心の注意を払って口にしてゆく。

「彼はこの部屋にはいなかった。ここには隠れられる場所はないし、銃声を耳にしたクリステンセン夫人がほとんどすぐにフランス窓から入ってきたのだからな。いや、チェリーニはそのドアから出ていったんだ——両手を拭いたり、遺体から取ったものを調べる暇もなく。キャスリーンは調理場から出てきたとき彼の姿を見ていない。では、彼は開けっ放しだった玄関のドアから外に出て、ベランダへまわり込んだのか、それとも……？」

ふつりと言葉を切ったW・Tは、ジェリーと医師に目をやった。

「今すぐホールをしらみつぶしに調べてみるとしよう。この部屋はもう隅々まで調べあげたが、これといった痕跡はなかった。こんな惨状をもたらしたにもかかわらず、犯人は翼でも持っていたのかと思うほどだよ。だがホールのほうはまだ細かく調べる機会がなくてね。写真は撮らせたが、それだけだ。どうせよくあるケースだろうと決め込んでいたのさ」最後は少々恨めしげな口調になり、W・Tはため息をついた。

ドクター・ケイヴがにやりと笑い、おどけた口調で言った。

「年には勝てんというわけか、ウィル？」

W・Tは医師に向かって顔をしかめ、

「誰しも時とともに若返るわけじゃなし」とぶつぶつ言った。「そもそも、わたしは一度もこの仕事を好きだと思ったことはない。他人の私事をほじくり返して一生をすごすとは——はっ！」

土気色の顔をした小柄な医師は笑った。いささか神経が参っていたジェリーには、黄色い光に包まれたその姿は、何やら珍妙な食屍鬼《グール》さながらに見えた。

「ほう、こちらは自分の仕事を楽しんどるぞ」医師は本気で言っているようだった。「現場へ歩いてゆけんほど老いぼれたら、幌付きの車椅子で運んでもらうとしよう――決して身を引く気はないからな」

ジェリーは床の上の、形をなさないものを見やって身震いした。

W・Tはため息をつき、

「まあ蓼《たで》食う虫も好き好きだが……わたしは常々、どこかに種苗場《しゅびょうじょう》でも持ちたいと思っとるんだよ。ほら、採種用のポピーやスイートピーを育てる、静かな小ぢんまりした農園だ……。ともあれ、ジェリー、あっちの部屋にあるわたしのコートのポケットに懐中電灯と大きめの拡大鏡が入っているんだが、取ってきてもらえるか？」

ジェリーが懐中電灯と拡大鏡を手にもどると、W・Tは調査に取りかかった。

その仕事ぶりは驚くべきものだった。山ほどの訓練と経験を積んできたチャロナー警部は、この骨折れ仕事をうんざりするほど丹念に進めていったのだ。彼は何ひとつ見逃さず、ホールの床を隅々まで調べ終えるまで、ただの一度も急いだり、手をとめたりはしなかった。

W・Tが次に注意を向けたのは壁で、ジェリーが奥の居間の出口に立って見ていると、それまでと同じ入念な手順で調査がはじまった。

ジェリーは室内にもどり、テーブルのまえに腰をおろして両手で頬杖をついた。そうしていると、家の中の静けさが妙に気になり、ぞっとするような考えが脳裏にちらついた。彼の頭上の部屋部屋には少なくとも四人、この殺しについて何か知っている人間がいるのだ。おそらくみなまんじりともせずに闇の中に横たわり……あれこれ思いめぐらしているのだろう。

その考えにとらわれたジェリーは、じっとすわり込んだまま思案した。このとつぜんの悲劇はこの家の人々の人生にどんな影響を及ぼすのだろうか？　クリステンセン夫妻――メイドのキャスリーン――あの幼女――そしてノーラの人生に。ジェリーは長いことノーラについて考えた。今回のショックと恐怖で彼女があまり傷つかなければいいのだが。傷つけるには忍びないほど女らしくてきれいな……本当にきれいな人だ。

「ジェリー！」部屋の入り口から聞こえた声に夢想を破られたジェリーが目をあげると、父親がホールへ出てくるように手招きしていた。

「しいーっ！　できるだけ余計な音をたてんようにな。まあ、これを見てくれ……」

W・Tは小さな四角いホールの端に立ったドクター・ケイヴのかたわらにジェリーを導いた。彼らのまえには、種々雑多なコートとレインコート――英国じゅうのあらゆる家庭で玄関のそばのどこかにため込まれているたぐいのもの――がびっしり吊るされた外套掛け《ホール・スタンド》があった。ダイニングルームと玄関のドアのあいだの隅に置かれたそのスタンドは、どっしりとした大型のもので、頭部には鏡、基部には麗々《れいれい》しい傘立てがついていた。

W・Tは鏡の手前の側面に掛けられたコートをまとめてわきへ引き寄せた。

「そら、あれだ」

父親の言いたいことに気づいたジェリーは、胸がどきりと音をたてるのを感じた。あふれんばかりの衣類のせいで壁にぴたりとつけて置かれたように見えるスタンドは、じっさいには壁から八インチほど離して置かれていたのだ。

「誰でも難なくこのうしろに入り込めたはずだ」W・Tは静かに言った。「そしてチャンスが来たら、向こう側から出ればいい……。それにほら、これが見えるか？」

W・Tは懐中電灯のスイッチを入れ、それまで壁際に隠れていたいちばん外側のコートの袖に光を当てた。ジェリーは息を呑んだ。シミがついている――茶色い、不吉な、まぎれもない血痕だ。

「しかも、ついたばかりだ。ここにもあるぞ、な？」

またもや、懐中電灯のまばゆい光の刃《やいば》が部屋の隅の暗闇を切り裂き、今度は床から二フィート半ほどの高さの壁の一点を照らした。さっきと同じ茶色いシミが見えるが、こちらはもっとはっきりしている。左右に並んだふたつの楕円形のシミで――いっぽうが少しだけ高い位置にある。息を殺して壁に背中を押しつけた男が、バランスを保とうとしてうしろに手をついたとおぼしき指の跡だ。

ジェリーは父親に目をやり、弱々しく言った。

「チェリーニだ！　彼はずっとそこに隠れて――待っていたんです」

　W・Tはうなずいた。

「おそらく、ダイニングルームから出たところでキャスリーンがやってくる音を聞きつけ、逃げ出す機会ができるまでその隅に隠れることにしたんだ。町から警部が着いて、みなを客間へ移らせるまで彼はそこにいたのだろう。そのあとチャンスをとらえて外へ逃げたんだ。それまでずっとそこで様子をうかがい、すべてを聞いていたのさ」

　ジェリーは震えあがった。

「ひゃーっ！　生きた心地もしなかったでしょうね！」

「そうだな」W・Tはそっけなく言った。「だが彼のせいでこの家のほかのみなが追い込まれた立場も、決して愉快ではないぞ」

　ジェリーは頭をさげた。

「たしかにね。でも――それにしたって！　これからあの男がどんな目に遭わされるか考えてみてください。裁判――判決――三週間ほど待ったあげくに、冷酷きわまる処刑。いやはや！」

　W・Tは陰気な笑みを浮かべて、やんわりたしなめた。

「それより、おまえも少しは機敏に動けんものかね？　まだ見つけなければならんものが山ほどあるんだぞ。それに――まずは彼をつかまえんことにはな」

第六章　追跡開始

朝になっても港からの知らせはなく、W・T・チャロナー警部はあきらかに落胆していた。翌日の午後には検死審問が開かれる予定で、ジェリーと父親はどちらも出席を求められるはずだったので、この日は村で被害者についてできるだけの調査をすることにした。彼らの頭の中では例のイタリア人の有罪が確定していたとはいえ、まだこの犯罪の動機がさっぱりつかめていなかったのだ。

クリステンセン一家の周囲にただよう秘密めかした奇妙な雰囲気も、やはり無視はできないほど強く、W・Tはいまだに戸惑わされていた。

「この殺人はチェリーニのしわざかもしれんがね。どうも判決が出るまえに、そこらじゅうの人間について何らかの興味深い事実が露見するような気がしてならんのだ」

ジェリーはため息をつき、

「そうはならないでほしいけど」と無意識のうちにつぶやいた。

W・Tはうなずき、ゆがんだ笑みを浮かべた。

「まったくだ。この手の事件では、えてして、それが真の悲劇だからな。われわれの住む文明社会は、小さな糸が複雑に絡み合う一枚の網状組織《ネットワーク》のようなもので、無害な要素と深刻な要素がすべて表面下の暗闇でうごめいている。こうした犯罪は、共同体の注意をとつぜんある一点に引き寄せ、網の特定の部分に公衆の興味というサーチライトを当ててしまうんだ。しかも困ったことに、その光は周囲の結び目やもつれまで残らず照らし出し、近くで殺人が起きたというだけで、それらをことさら恥ずべきことのように見せてしまうのさ」

「ひどい話だ！」朝からノーラのことでほとんど頭がいっぱいだったジェリーは言い、その後は父親ともどもも黙りこくって歩を進めた。

村での聞き込みはあまり役に立たなかった。すでにわかっていることのほかは、ろくに情報を得られなかったのだ。被害者は地元の住人たちに好かれていなかったが、それは彼らによれば、「いつも殻に閉じこもっていた」からだった。チェリーニについても、常に影のごとく主人につき従い、一人で出歩く姿はめったに見られなかったということ以外に誰も何も知らなかった。

さしたる発見もないまま一日がすぎ、W・Tは苛立《いらだ》ちはじめていた。けれどもその後、彼とジェリーが私的な捜査本部にすることにした〈青い猪亭〉の小さな個室で夕食をとっていると、ロンドンから電話が入っていると呼び出された。いさんで席を立ったW・Tは五分もすると、その日いちばんの満足げな表情でもどってきた。

「ようやくだ」と、ふたたび腰をおろしながら言う。「例の車が見つかったぞ。チェリーニが昨夜の六時少しまえに、フォークストンの屋内駐車場に乗り捨てていったんだ。ブーローニュ・シュル・メール行きの船が六時十五分にあそこの港を出たとかで、電話をよこしてきたデッドウッド警部によれば、おそらくチェリーニはそれに飛び乗り、国内各地の港へ手配が出まわるまえに大陸へ渡ったと見られるそうだ」

ジェリーは目をあげた。

「えらく厄介なことになりましたね。これでもう、彼をつかまえられる見込みは薄くなったんでしょう?」

「いや、そうでもないぞ!」W・Tはにわかに元気を取りもどし、朝からつきまとっていたふさぎの虫は、陽射しを浴びた霧のように消えはじめていた。「他国でも容疑者を追うことは可能だ。当然ながら、われらがよき盟友であるフランスの警察もすでに知らせを受けていて、できるかぎりの協力をしてくれるはずだ。ちょっと大陸へ出かけてみたくないかね、ジェリー?」

「もちろんですよ! でも、行かれる望みはあるのかな?」

「大ありさ。逃亡犯罪人の引渡しを求める手続きさえすれば……それで思い出したが、今夜は車でロンドンへ連れていってもらうぞ。いつなんどきチェリーニに関するニュースが入るかわからん。海峡の向こうの友人たちは、仕事がすばやいからな」

W・Tの予言は的中した。翌日の午後遅く、検死審問の開かれたみすぼらしい小さな裁判所から〈青い猪亭〉にもどろうとしていたチャロナー父子《おやこ》は、ちょうど届いたばかりの電報を裁判所へ届けようとしていた宿のボーイに出くわしたのだ。電文は暗号で書かれていたので、W・Tは人目のない自分の部屋に着くまでポケットにしまっておくことにした。

評決は警察の予想どおり――ジェリーの見るところ、彼らが〝合意〟したとおり――〈未知の単独、あるいは複数の人物による謀殺〉というものだった。証人たちはみなごく冷静で淡々としており、ジェリーはクリステンセン夫人とその妹の――とりわけ妹の――気丈さに感嘆させられた。そもそもノーラのような女性がこんな悲惨な事件に巻き込まれるとはもってのほかで、考えただけで腹が立ってならなかった。

とはいえ、W・Tがいささか辛辣《しんらつ》に指摘したとおり、今は渦中の人々の愛らしい親族に同情している場合ではない。まだ誰も容疑を完全に免れてはないのだ。ジェリーは気を引きしめて当面の仕事に注意を集中した。

宿の二階の部屋に着くと、W・Tは暗号帳を取り出して電報を解読した。

チェリーニをパリにて発見。仏警察によれば、即時の逮捕は不可能。理由は情報部のルグリ氏より口頭でのみ説明可能とのこと。――デッドウッド。

父子《おやこ》は目を見合わせた。

「どういう意味かな？」ややあって、ジェリーが額に皺《しわ》を寄せて言った。

W・Tは白い髪をかきあげ、オウムの羽冠《うかん》のように頭上に逆立てた。

「神のみぞ知る、だ。やはりこの件には尋常ならざるところがあるぞ、ジェリー。すぐにあちらへ行くしかない」

第七章　ムッシュ・ルグリの説明

「では、よろしければこちらへ……」非の打ちどころのない英語を話す金髪のすらりとしたフランス人の青年は、うやうやしく一礼してW・T・チャロナー警部とその息子を軽やかに北駅《ガール・デュ・ノール》の外へと導き、舗道の縁にとめられたつややかな黒塗りの車に乗り込ませた。

さきほどプラットホームで父子《おやこ》を出迎えた青年は、ほかの乗客たちの中から目ざとく彼らを見つけ出し、名刺をさし出した――モーリス・バルテ、ソルダ街一八番地。

「わたしはムッシュ・ルグリの個人秘書でして」彼は説明した。「ルグリからこの手紙をあなたにお渡しし、自らお出迎えできず申し訳ないとお伝えするように言いつかっております」

W・Tは折りたたまれた便箋を受け取って開き、ざっと目を通すとジェリーに手渡した。

親愛なるチャロナー警部、こちらの秘書と拙宅へお越しいただければ、そこでお待ちしております。恐縮ながら貴殿が追っておられる件には、このような異例の形でお目にかからざるをえない種々の事情があるのです。

ルネ・ルグリ

父子《おやこ》はちらりと視線を交わした。種々の罠や誘拐事件を思い浮かべ、物騒な話で頭がいっぱいになったジェリーは、いささか怖気《おじけ》づいて黒い車を疑わしげににらんだ。だが息子の考えそうなことを鋭く察したW・Tが、むんずと腕をつかんで彼をリムジンの座席に押し込んだ。

「いいか、馬鹿なまねをするんじゃないぞ」W・Tはささやき、彼のとなりにバルテがすわれるように、向かいの席に腰をおろしながら言い添えた。「どうやらこの件には思ったよりも深い事情がありそうだ」

ジェリーは答えなかった。今ではあの若い秘書も車内に乗り込んでいたので、それ以上は言葉を交わせなかったのだ。

市内の中心部を抜けて河の対岸の閑静な一角へと運ばれてゆくあいだ、バルテは取るに足らないことをあれこれしゃべり続けていた。控えめで屈託のない、いかにもフランス人らしい洗練された物腰の好青年だ。ジェリーはいよいよ戸惑っていた。バルテの態度は、二人のイギリス人実業家を関連企業の役員宅で開かれるパーティにでも連れていこうとしているかのようだ。どう見ても、何か深刻な事態が待ち受けているとは思えない。

だがW・Tは驚いていなかった。この若者は質問されるのを恐れているのだ。おそらく、何も話すなと警告されているのだろう。それは大いに理解できるが、やはり不可解な状況であることに変わりはない。無言で両手を組み合わせた警部の明るいブルーの目は、傍《はた》から見るかぎり、ぼんやり宙をにらんだままだった。

おかげでジェリーはバルテの世間話に一人でつき合うはめになり、二人の若者たちは十五分ほど律儀におしゃべりを交わした。そうこうするうちに、車がとつぜんにぎやかな大通りを離れ、ひっそりとした古風な通りに乗り入れた。見あげるばかりの茶色い家並みのまえで、ところどころが熱気でくすんだ緑の木々が首をうなずかせている。

やがて車が通りのいちばん奥の家のまえでとまった。馬鹿でかい納屋のような飾り気のない建物で、窓には古めかしいプラシ天のカーテンがさがり、その奥の暗がりでは磨き抜かれたマホガニーがほのかな光を放っている。

落ち着きはらった従僕が彼らを迎え入れ、二階の一室へと導いた。そこでバルテは立ちどまって一礼した。

「こちらでムッシュ・ルグリがお待ちです」それだけ言うと、秘書はきびすを返し、彼らをドアのまえに残して立ち去った。

すかさず従僕が客人たちの到着を告げ、ジェリーは父親のあとに続いてひんやりとした薄暗い部屋に足を踏み入れた。あたり一面に革の香りと、ちょっぴり埃《ほこり》っぽい本の匂いがただよっている。

彼らが入ってゆくと、堂々たる彫刻入りのデスクの奥からほっそりした人影が立ちあがり、片手をのばして進み出てきた。

ルネ・ルグリは小柄できりりと引きしまったタイプのフランス人だった。背丈はせいぜい五フィート六インチといったところで、白髪交じりのヴァン・ダイク風の顎鬚《あごひげ》と鉄色の髪、それにジェリーがこれまで見たこともないほど鋭い、黒味がかった茶色の目をしている。ムッシュ・ルグリは完璧な歯をのぞかせてにこやかにチャロナー父子《おやこ》を迎え、彼らが腰をおろすやいなや、自分の椅子を間近に引き寄せてすわった。

しかし、この男はどこかジェリーを落ち着かない気分にさせた。一見、親しげではあるものの、態度の端々《はしばし》に警戒心が感じられるのだ。

W・Tもそれに気づいたとみえ、パリに到着して以来ずっと青い瞳の奥にちらついていたかすかな戸惑いの色がしばし強まった。

当面の課題に最初に言及したのはフランス人のほうだった。

「さて、警部」ルグリは静かな、抑制のきいた声で切り出した。「ロンドンから届いた手紙からして、あなたはラッテ・チェリーニなるイタリア人を見つけに当国へ来られたようですが」

W・Tはうなずき、単刀直入に答えた。

「わたしはその男を逮捕しにきたのです、ムッシュ。彼は英国で殺人の容疑をかけられていますので」

「そのようですな」ルグリはそう応じたあと、しばらく黙って次の言葉を慎重に考えているようだった。

「これはたいそう厄介な問題なのですが……」とついに切り出し、「むろん、ご承知のとおり、わが国の警察は常に海峡の向こうの同志たちのお役に立てることを切に願っております」

W・Tは無言で頭をさげた。それはまことにけっこうだが、肝心なのはそんなことではないとばかりに。

小柄なフランス人は両手を組み合わせて笑みを浮かべた。

「何もかも、あなたには尋常でないやり方のように見えるでしょうな――このように非公式にここへお越しいただいたのも」

チャロナー警部は彼をまっすぐに見つめた。

「正直言って、まさに尋常ならざるやり方に思えますな。さっぱり理解できません。われわれはそちらから、殺人容疑で手配中の男がこの街で発見されたとの知らせを受けました。なぜ通常どおりの手続きを進められんのでしょう？　例のチャルマーズの件や……ルース・ブラー、ドリントン……その他の多くの場合のように」

フランス人は口ごもり、ようやく答えたときにもその声には、用心深く手探りで進んでいるかのような躊躇《ちゅうちょ》がうかがえた。

「チャルマーズはごく普通の立場のごく普通の犯罪者でした。あのルース・ブラーという女や……ドリントンも同じです。だがラッテ・チェリーニはそれほど普通なわけではない。つまり——わたしが言いたいのは、警部、これにはいろいろ事情がありまして……」ルグリはまたもや言葉を切り、英国人の警部にもの問いたげな——ジェリーに言わせれば、ほとんど哀願するような——目を向けた。

だがW・Tはいっこう動じるふしもなく、青い両目をひたと相手の顔に向けている。ややあって、ルグリは先を続けた。

「じつは警部、ラッテ・チェリーニはこちらにとって未知の相手ではないのです。彼は七年前にこの国を離れ、以後はいっさい消息がつかめなくなっていた。だがそれ以前には、当国の警察にとってもただならぬ興味の対象だったのですよ。二日前に彼が入国すると、われわれの部下はすぐさま気づいて報告をあげてきた。それであの男に関するそちらのお問い合わせに、あれほどすぐにお答えできたというわけです」

W・Tはうなずいた。

「なるほど。とはいえ、ムッシュ、まだ釈然としないのですが——チェリーニが七年前に貴国の警察に名を知られていたからといって、なぜ今回わたしが彼を逮捕できないのでしょう？」

「いや、親愛なるチャロナー警部、それは誤解です」ムッシュ・ルグリは声を大にして主張した。「われわれはあなたがチェリーニを逮捕なさることに——必要とあれば絞首刑にすることにも——何ら異議はありません。むしろ、あの男に正当な裁きを下せるだけの証拠をお持ちなら、こちらにとってもそれほど好都合なことはない。率直に言えば、だからこそ、そちらのお問い合わせにこれほど即座にお答えしたのです」

W・Tは椅子の中でもぞもぞ身体を動かし、ずばりと切り出した。

「ムッシュ・ルグリ、われわれ英国人は素朴な料理を好むのと同様に、ありのままの——微妙な表現を抜きにした——事実を好みます。もしもご信頼いただけるなら、内密のお話を他言したりはいたしません」

フランス人はかすかに顔を赤らめた。

「ことはそう単純ではなく……」とぶつぶつ言い、「要するに、警部、チェリーニが今この瞬間どこにいるかはわかっているが、そこに乗り込んで逮捕されては困るのですよ。とにかく、こちらがもう少しましな情報をさしあげられるようになるまで、パリにとどまられるようにおすすめするしかありません」

W・Tは一瞬、青い両目を細めたが、すぐにまたいつもどおりの温和な笑顔になった。

「いやムッシュ」彼は穏やかに言った。「われわれはどちらも国家に仕える身です。ここは協力し合うとしましょう。要は、ここに公共の利益に反する一人の男がおり、こちらが手を結べば彼に裁きを受けさせられるわけですからな。どう見てもそうすべきでしょう。平たく言えば、ムッシュ、互いに知っていることをすべて話そうということです」

ルネ・ルグリは眉をひそめた。

「そちらの求めておられる情報が極秘のものであることはご理解いただけるのでしょうな?」

「それはもう」W・Tの口調は説得力に満ちていた。「世界中のどの警察にも機密事項はあるものです。ときには杓子定規《しゃくしじょうぎ》な法の遵守《じゅんしゅ》は、法の利益のためにも望ましからざるものですからな」

小柄なフランス人の顔にかすかな笑みが広がった。

「よくおわかりで」ルグリはやおら、ジェリーにこれ見よがしに目を向けた。

「息子はかけがえのないアシスタントです」W・Tはすばやく言った。「どうぞわたし自身と同じように信頼できるとお考えください――保証いたします」

ルグリは肩をすくめた。

「そこまでおっしゃるのなら――」と前置きすると、椅子のアームにひじをついて白い指先を胸元で合わせ、身を乗り出して話しはじめた。「ご指摘のとおり、世界中のどの警察にも機密の事項——安易に使用するのは賢明でない情報があります」

油断ない目がじっと探るようにW・Tの無表情な顔に向けられた。だが彼が力を込めてうなずくと、フランス人は先を続けた。

「われわれもその普遍的法則の例外ではありません。この街には戦前から長きにわたり、ある反社会的組織、すなわち窃盗団の本部がありました。当然ながら警察はそれを知っていたが、常に両手を縛られてきたのです」

ルグリがふたたび言葉を切り、英国人の警部に突き刺すような視線を向けると、相手は重重しくうなずいた。

「われわれの障害は一種独特なもので——」ルグリは続けた。「暗に〈協会〉と呼ばれるその組織の主要メンバーは、数名のアメリカの大富豪とさるイギリス貴族、それに世界的な名声をもつオーストリア人……フランス人の男性三名と女性一名で、いずれも仲間内ですらおいそれとは話題にできないほど著名な名士たちです。しかも、各自の役割の全貌はわれわれにすらつかめない」

W・Tは動じるそぶりも見せずにうなずいた。

「よくわかります、ムッシュ。どうぞお続けください」

「この組織にはひとつ、たいそう変わった点があり——」ルグリはゆっくりと続けた。「買い取れるものは決して盗みません」

ジェリーはいぶかしげに目をあげた。どういう意味か、すぐにはわからなかったのだ。

「つまり金で買える場合は」とフランス人は言いなおした。「メンバーはみな稀少な宝石類や絵画のコレクターです。彼らのうちの誰かの欲しがっているものが市場に出れば、その人物は名誉にかけて、つべこべ言わずに求められる代価を支払って買うしかない。ただし、まともな方法では入手できないが、それでも欲しくてならないものがある場合には、〈協会〉に助けを求めれば手に入れてもらえるというわけです」

ジェリーは度肝《どぎも》を抜かれてため息をついたが、W・Tは平然としていた。

「盗むのですな?」

ルグリは肩をすくめ、

「取得するのです」と静かに言った。「それがどこにあろうと――一国の皇宮であれ、貴国のうらぶれた横丁の屋根裏部屋であれ――彼らは探し出して持ち去る。それを防ぐすべはありません」

「その協会にはさぞ有能な僕《しもべ》たちがいるのでしょう」とW・T。

フランス人はうなずいた。

「世界中のありとあらゆる達人たちですよ」何やら恨めしげな声だった。「各々《おのおの》の専門分野でトップクラスの犯罪者たちが捜し出されて雇われているのです。金庫破り――詐欺師――

すり。さらには、宝石職人と絵画の専門家のちょっとした一団が」

英国人の警部は目をあげた。

「話が読めてきましたぞ。ラッテ・チェリーニもかつてはその協会に雇われていたのですな？」

ルグリは頭をさげた。

「お察しのとおりです。ラッテ・チェリーニは宝石職人で――おそらく、石のセッティングに関しては世界屈指の腕前でしょう。以前は協会にとっても大いに役立つ存在でした」

ルグリはふと言葉を切り、何かを思い出しているかのようにかすかな笑みを浮かべたあと――

「今もある偉大な王家の戴冠《たいかん》用の宝器の中に、ひとつだけまがい物の石が混ざっています。本物はある著名なアメリカ人のコレクションに収められ、この世で唯一それと同等の価値を持つ、色も品質も重量もそっくり同じ石と並べられているとか。拡大鏡を着けた専門家にしか真偽の区別はつきませんから、王宮の人間は誰ひとり、石がすり替えられたとは夢にも知りません。しかし十二年前に宝器が一挙に磨きなおされたとき、ある晩、プラハから呼ばれた高名な熟練宝石職人が遅くまで仕事に励み――というか、そう考えられていたが――翌朝には石がすり替えられていたのです。ラッテ・チェリーニのしわざでした。だがわれわれはついにそれを証明できなかった」

「同名の偉大な先達《せんだつ》（十六世紀イタリアの彫刻家・金工家、ベンヴェニュート・チェリーニ）の立派な後継者というわけですな」

W・Tはその話を面白がっているようだった。

ジェリーは眉をひそめた。

「じゃあ、彼がプラハの宝石職人になりすましてたんですか？」

ルグリはうなずいた。

「プラハのグスタフ・ブーデルは王宮の宝物殿からの依頼状を受け取らなかったのですよ。今日《こんにち》にいたるまで、そんなものが発送されたことすら知りません」

フランス人の声が途切れると、室内にしばし沈黙がただよった。やがてチャロナー警部が口を開いた。

「その協会の影響力はわかりましたが、ムッシュ、さしもの彼らも殺人容疑で手配されている者をかばうことはできんでしょう」

「たしかに、それはできません」ルグリは断固たる口調で言った。「そもそも、協会は手先《しもべ》を守ったりはしません。それが雇用時の取り決めのひとつでしてね。僕たちは自らの行動の責任を全面的に負うことを条件に、莫大な報酬を得ているのです。そして協会の意に添わなければ、独自の方法で始末される」

W・Tがはっと目をあげ、その顔に初めて驚きの色がよぎった。

「どんな方法で？」彼は尋ねた。

ルグリは表情豊かに肩をすくめ、

「ふつりと姿を消すのです」と簡潔に答えた。「われわれはこの七年間、ラッテ・チェリーニもそんな運命に見舞われたものと考えていました。ところが二日前に彼はふたたびパリにあらわれ、英国の警察があとを追ってきた。どういうことなのか、ご説明いただけますか？」

「それにはろくにお答えできません」とW・T。「チェリーニについて確認できているのは、彼が七年ほどまえからある英国人の個人秘書——というか話し相手として、ケント州の村の屋敷に住み込んでいたということぐらいです」

「信じられない！」

W・Tは陰気な笑みを浮かべた。

「たしかに、信じがたく聞こえますな。とりわけ、チェリーニの過去に関する貴重このうえない情報をお話しいただいたあとでは。けれどこちらの知るかぎり、どれも事実なのです。その英国人——クラウザーという男——が三日前に殺され、まだ決定的ではないものの、種々の証拠からチェリーニの犯行である可能性が非常に大きい……というわけで、わたしが逮捕しにやってきたのです。彼の居場所はご存じなのでしたね？」

ルグリはうなずいた。

「はい、警部、わかっています。まさにそこが問題でして。チェリーニの居場所はわかっているが、あなたをそこへお連れすることも、逮捕を許可することもわたしにはできないのですよ」

W・Tは眉根を寄せ、いくらかぎごちなく言った。

「どうもおっしゃる意味が飲み込めません」

ルグリは椅子の背にもたれた。彫りの深い青ざめた顔が、薄暗がりの中で象牙の彫刻さながらに見える。

「どうやらチェリーニはこの国へもどったとき、あとを追われるとは考えてもみなかったようで」ルグリはゆっくり切り出した。「こちらに着くなり、まっすぐ例の協会の――氏名を明かすのはご容赦いただくとして――幹部の屋敷へ向かったのです。だがどう見ても、そこで彼を逮捕するのは不可能だ。政治的にも社交上の理由からも、きわめて無謀と言うべきでしょう。そこで、われわれなりの計画を立ててみました。今すぐ何か騒ぎを起こせば、将来の法的手続きが困難になるだけですからな。チェリーニが事実上、協会の保護下に――主要メンバーの屋敷に――いるかぎり、こちらは何もできません」

W・Tはしばしためらい、口を開いた。

「事情はよくわかります。しかしながら、ムッシュ、あえて言わせていただけば、その協会の――ええと――主要メンバーに一言話せば、チェリーニはその屋敷から追放されて、こちらは通常の方法で手続きを進められるのでは？」

ルグリはため息をついた。

「それは可能でしょうな。だが望ましくない。警察は内輪の席でさえ、協会の存在にまったく気づいていないふりをしたいのですよ。誰であれくだんの屋敷にいるかぎり、この世に存在しないも同然なのです。そこをご理解いただかないと」

「わかります」とW・T。「それはじつによくわかるし、ムッシュ・ルグリ、たいそう貴重なご助言には痛み入ります。だがこちらはどうすればいいのでしょう？」

「それをお話ししようとしていたのです、警部」ルグリはふたたび椅子から身を乗り出した。「市内のアラミス街という通りに、チェリーニの老いた親族が経営する小さな宝石店があり、あの男はいずれ必ずそこへ帰るはずなのですよ。われわれはその店を見張らせ、彼が戸口をくぐるやいなや、そちらにお知らせするつもりです」

W・Tは頭をさげたが、明るいブルーの瞳の奥には、満足げな表情のかけらも見えない。ややあって、ようやく彼は答えた。

「ではそれまで、こちらはパリで待つとしましょう」

ルグリは相手の苛立ちに気づき、笑みを浮かべた。

「そうですな、警部。わたしに提案できるのはそれだけです」そのあと、フランス人はとつぜん言い添えた。「だがあまり長くはかからんでしょう……できるだけ早い機会に逮捕できるよう、全力で支援することをお約束します」

二人は握手を交わした。

「あなたにはすでに大きな借りができました、ムッシュ」W・Tはおごそかに言った。「お心遣いには、言葉にできないほど感謝しています。例の件は決して口外しませんのでご安心ください」

ルグリは頭をさげた。

「では必要な情報が届きしだい、お知らせします」

「まったくおかしな話だ！」しばらくのちに、ジェリーと肩を並べて木々のおい茂る通りを歩きながら、チャロナー警部は言った。

「何がですか？」とジェリー。

W・Tはため息をついた。

「例の協会さ。当然、その存在はヨーロッパ中の警察に知れ渡っているにもかかわらず、みなプロとしての信義でそれを認めるわけにはいかんのだ。あの組織の息の根をとめるすべはない。世界中のどの警察も力が及ばんのだよ。われわれが手にできるのは下っ端どもの有罪を示す証拠だけ——当のメンバーは安泰《あんたい》だ。長年、世界一の力を誇ってきたパリ警視庁の情報部ですら、何もできんときている。やはりここはチェリーニが屋敷を出るのをじっと待つしかなさそうだ、ジェリー」

第八章　アラミス街二八番地

パリでの滞在が十日をすぎたころ、当然ながら父親よりもその日々を楽しんでいたジェリー・チャロナーは、夕方の六時ちょっとすぎに滞在中のホテルへ向かってサンタンス街をそぞろ歩いていた。

彼は不思議でならなかった。世間では——あいにく世間の言うことはおおかた当たっているのだが——がらりと環境が変わって新たな興味の的ができれば、若い男は異性へのとつぜんの関心を見る間に忘れるものだと言われている。それが正しいことを何度も実証してきたジェリーが、今回の件で驚かされたのは当然だろう。彼はノーラ・ベイリスを忘れてはいなかった。それどころか、遠く離れても日ごとに彼女のことばかり考えるようになっている。彼女はどうしているだろう、まだ姉の元にとどまっているのか、いつかまた会えるのだろうかと。

この最後の問題に心を奪われたまま、彼はホテルのロビーに足を踏み入れ、ラウンジへと歩を進めた。すると、部屋のいちばん奥の隅にすわった父親が見えた。田舎じみた服装で、黄色い煙草の包みとささやかなお茶のセットが置かれたテーブルをまえにしたその姿は、ほとんど目障りなほど英国的だった。

W・Tは近づいてくるジェリーを見あげ、彼がそばに着くやいなや、ぼやきはじめた。

「おまえは永遠にもどらんのかと思ったぞ」と不機嫌に言い、「まあ煙草でもどうだ」

ジェリーはその非難と和解のしるしをともに受け入れた。

「何か進展は？」と、煙草に火をつけながら尋ねる。

W・Tはため息をついた。

「ついにあったぞ。いやはや、ジェリー、そろそろ家から冬の肌着でも送らせて、今年いっぱいここに居座ろうかと考えはじめてたところだよ。だがあのバルテとかいうこしゃくな若造が半時間ほどまえに訪ねてきてな――チェリーニが例の屋敷を出て、おそらく今夜はアラミス街の小さな宝石店で休むはずだというんだ。そこで十時におまえとわたし、それにパリ警視庁の職員一名が彼を捕らえに出向くことになった。おまえも連れていったほうがよかろうと思ってな。どう見てもおまえは頭より腕っぷしのほうが強そうだからな」

ジェリーはにやりと笑みを浮かべた。

「へえ、乱闘騒ぎにでもなりそうなんですか？」

W・Tは肩をすくめた。

「まあな。誰しも縛り首にはなりたくない。哀れにも、ほとんどの容疑者は必死に抵抗するものなのさ。少なくとも、ルグリは面倒が起きると見とるようだぞ。むろん、彼なりの気遣いにすぎないのかもしれんが、わたしの知るかぎり、今夜はこの街の警官の半分近くがその小さな店を包囲することになっている。すべての出入り口、窓という窓にフランス人の警官が張りつき――あらゆる煙突の先っぽから首をつき出すというわけさ」

ジェリーは笑った。辛辣《しんらつ》な気分になっているときのW・Tはなかなか滑稽《こっけい》で愛らしいのだ。今も陰気くさい顔つきで、一言ごとに猛然と鼻を鳴らしている。

「でも、まあ……」ややあって、ジェリーは言った。「ようやくことが動き出したのは何よりですよ。ともかくぼくが知りたいのは、チェリーニはなぜクリステンセン夫妻の家でクラウザーを殺したのかってことです」

W・Tはうなった。

「それよりこっちが知りたいのは、チェリーニはクラウザーにどんな弱みがあって、彼を殺すのを七年も待ったのかということさ」

ジェリーはうなずき、しばし口をつぐんだあと、

「どのみち、今夜の十一時かそこらにはわかることですけどね。そうでしょう?」

「さあな――それは神のみぞ知る、だ」悲観的な気分になっていたW・Tは答え、わざわざ不満の種をもうひとつ増やそうとするかのように、冷えきったお茶をカップに注いだ。

その夜の十時二十分前に、如才《じょさい》ないバルテ青年がマルブフという名の警官とホテルにあら

われた。私服姿の四人の男たちは軽く言葉を交わしたあと、このまえチャロナー父子《おやこ》を駅で出迎えたのと同じ黒い車に乗り込んだ。運転手はパリでは一般的とおぼしき猛スピードで飛ばし、ジェリーがこれまで経験したこともないほどスリル満点のドライブのあと、街の少々うらぶれた一角にある、さまざまな臭気が鼻をつく薄暗い通りの入り口で車をとめた。

「どうやら、ムッシュ、ここでおりるのがいちばんのようです」バルテが例の静かな、なだめるような口調で言った。「問題の店は左側の八番目のドア――二八番地です」

「よし」W・Tはここ十五分ほどのうちに徐々に元気を取りもどしていた。「おまえも来るか、ジェリー？」

チャロナー父子《おやこ》と二人のフランス人はそろって狭い舗道に足を踏み入れ、店のまえまで進んでいった。ショーウィンドーの外の古びた木製のシャッターの割れ目から、一筋の黄色い光が入り口の階段を照らし出している。

「ここです」バルテがささやいた。「うちの者たちが周囲をくまなく固めていますので、いつでもお呼びください」

「ありがたい」いくらかそっけない口調ではあったが、W・Tは礼を言い、階段をあがって静かにドアをノックした。

しばらくは何の反応もなく、ジェリーはいつしか、この小さな店のどこかにいる追い詰められた男にわけもなく同情を抱いていた――チェリーニはもう猟犬に囲まれた野ウサギも同然だ。

と、家の中で足音が響いて閂《かんぬき》のはずされる音がした。ほどなくドアが用心深く開かれ、黄色い光の帯が舗道にたたずむ四人の男たちを照らした。戸口にあらわれたのは、黄ばんだ肌をした黒い目の長身の女で、つやのない干からびた髪はうなじのところでぞんざいに束ねられていた。色あざやかな模様がプリントされた薄手の木綿で作られた、流行遅れの長ったらしいドレスを着ている。彼女は男たちをいぶかしげに見まわし、南国風の訛《なま》りがはっきり聞き取れるフランス語で用向きを尋ねた。

W・Tは帽子を脱ぎ、公爵夫人をまえにした英王室からの使者もかくやとばかりの時代がかったしぐさで頭をさげた。

「マダム」彼は精一杯のフランス語で切り出した——といっても、着ているものと同じぐらい英国風の発音だったが。「手前どもはシニョール・ラッテ・チェリーニにお目にかかりに参りました——」

女は彼を鋭く見つめ、とつぜん黒い両目にかすかな恐怖の色を浮かべた。

「イギリス人なの？　お名前は、ムッシュ？」

W・Tは名刺をさし出した。

「ちょっと待って」女は彼らを戸口に立たせたまま、きびすを返して足早に家の奥へと姿を消した。

ほかの三人ともども店内に足を踏み入れたジェリーは、興味深げに周囲を見まわした。どこにでもありそうな小さな宝石店で、ガラス張りのカウンターに安っぽい指輪や銀の懐中時計が並べられている。それにイニシャル・ブローチ――さまざまな女性の名前が飾り文字で描かれた、金メッキの悪趣味なしろものだ。店内のどこにも異常なところはない。むしろ、すべてがあまりに平凡なので、この上のどこかに殺人者がいることが余計に恐ろしく思えた。小さな店の古ぼけた陳腐なたたずまいのせいで、なぜかすべての現実感が増し、チェリーニが怪物ならぬただの一人の男に見えてきたのだ。

そんなジェリーの思考を断ち切るように、不意にあの女がふたたび姿をあらわした。なぜか、その表情豊かな顔からは警戒の色がきれいさっぱり消えていた。彼女はチャロナー警部に陽気に微笑みかけた。

「上に行きますか?」たどたどしい英語だったが、彼女自身は、少なくとも相手のフランス語よりはましだと思っているようだった。「あの人、待ってます」

二人のフランス人が視線を交わし、W・Tがそっと片手を尻ポケットに当てるのを見て、ジェリーは上着のポケットのリボルバーを握りしめた。

最初に口を開いたのはW・Tだった。

「ご案内ください、マダム」

「ではどうぞ」女は笑みを浮かべたまま、くるりと向きを変えて店の奥へと続く廊下を進みはじめた。

男たちは用心深くあとに続いた。古い家は曲がり目だらけだった。当然ながらW・Tが先頭に立ち、そのすぐあとにジェリー、さらにほかの二人がぴたりとあとを追う。

だが意外にも――ジェリーは内心がっかりしたのだが――何も面倒は起こらなかった。女は狭い階段をあがり、もともとは居間としてしつらえられた、家の裏側の小さな寝室へ彼らを導いた。明かりは笠のついていないランプがひとつきりで、家具はどれも趣味はいいものの、あきらかにガタがきている。

ラッテ・チェリーニは部屋の真ん中の四角いテーブルのわきに立ち、ものうげな暗い目にほかの何より好奇心をたたえて彼らを見つめていた。

ジェリーは一目で気がついた。やはりあの男――事件が起きた日に村の通りで巡査と話していたとき、〈白亜荘《ホワイトコテージ》〉の門のほうに歩いていった男だ。あのひょろ長い体形、垂れさがった肩、貧弱な薄黒いあごは見間違えようがない。

W・Tがちらりと背後に目をやった。すでに女は部屋を出て、ドアは閉められている。

W・Tはやおら進み出て、型どおりの逮捕の通告をしようと咳払いした。

「あなたはラッテ・チェリーニですね？」

「はい――それがわたしの名前です」

「当月の十四日にとつぜん英国のケント州ブランデスドン村の〈砂丘邸〉を離れ、フランスへ来ましたね？」

「はい」イタリア人が無頓着《むとんちゃく》と言ってよいほどすらすら答えるのを見て、ジェリーはその度胸に驚嘆した。

W・Tは形式ばった口調でゆっくりと続けた。

「それでは、あなたを逮捕する旨を通告します。今後、あなたのいかなる発言もあなたに不利な証拠として採用される可能性があります。逮捕の容疑は――」

イタリア人は微笑んだ。

「あの車の件なら、説明できるつもりです。わたしは――」

W・Tは彼をまじまじと見た。

「車の件？」と思わず叫び、「いやはや、きみはそれよりはるかに深刻な罪――エリック・クラウザー殺害容疑で指名手配されとるんだぞ」

「殺害？　わたしが？」

その知らせがチェリーニに与えた効果は驚くばかりだった。落ち着きはらった態度は消え失せ、彼は呆気《あっけ》にとられてW・Tを見つめた。

「わたしが？」とくり返し、「このわたしがですか？　そんな馬鹿な！　何かの間違い……恐ろしい間違いだ！　殺人なんて！　まさか！　説明させてください、刑事さん――後生《ごしょう》だから説明させてください」

あまりに急激でとうてい作り物とは思えない相手の表情の変化に、W・Tはショックを受けていた。

四十年あまりも種々の犯罪や犯罪者と接し、人間性についてたっぷり学んでいれば、真の驚きと芝居の区別ぐらいはつくものだ。チェリーニの驚愕ぶりは、W・T・チャロナー警部がこれまで見たこともないほど純粋なものだった。

「殺人なんて！」イタリア人はくり返し、ものうげな目にとつぜんぱっと炎を燃えあがらせた。「とんでもない、刑事さん。あいつを殺せるものなら、七年間も待ったりはしなかった」

ごく自然にあっさり口にされたその言葉に、W・Tは思わずたじろいだ。彼はバルテをふり向き、

「ムッシュ」と声をひそめて言った。「この男への嫌疑は濃厚だとはいえ、まだ決定的とまでは言えません。そこで今回は通常の型どおりの手続きから離れ、本人の言い分を聞いてみてはどうかと思うのだが……あくまで非公式に……いっさい記録は取らずに」

バルテはつややかな黄色い頭をさげた。まったく奥ゆかしさを絵に描いたような男だ、とジェリーは考えた。

「どうぞ警部のお考えどおりに」バルテは答え、穏やかに言い添えた。「あくまで非公式にということでしたら、マルブフとわたしは下の店でお待ちしましょう——ご用のさいはお呼びください」

W・Tは微笑んだ。

「それはありがたい。よければ、ぜひそうさせてもらいます」

バルテはかすかに笑みを浮かべて一礼すると、いささか失望したような筋骨たくましいマルブフを従え、軽やかに部屋から出ていった。

話の流れを理解できずにいたチェリーニは、立ち去る彼らに死にもの狂いで目をやった。

「行ってしまうんですか？」とヒステリックに叫び、「人の話も聞かずに行くなんて。わたしは何も聞いてもらえずに牢屋へひったてられるんですか？　わたしはどうなるんです？　なぜ説明させてもらえないんだ？」最後は金切り声に近いほど声が高まり、ものうげな両目は恐怖でいっぱいになっていた。

ジェリーは神経質にテーブルクロスを握りしめるイタリア人の細長い指に目をとめた。驚くほど繊細で鋭敏そうな指だ……。

W・Tがテーブルのまえに腰をおろし、左右の腕をテーブルに乗せた。いかにも慈愛に満ちた父親然とした、悪意のない穏やかな顔つきで。

「さてと、まあまあ——落ち着きたまえ」名医さながらの、心を鎮《しず》める声だった。「あの紳士たちは階下《した》でわたしを待つことにしたんだ。こちらはここで何なりと、きみの言い分に耳をかたむけるつもりだよ。きみが法廷で話を聞いてほしいなら、それでもちっともかまわんぞ。だが今すぐわたしに話したいことがあれば——何でも聞こうじゃないか」

その心やわらぐ静かな声のおかげで、怯えきったイタリア人はみるみる落ち着きを取りもどし、不意にテーブルの奥の椅子にどさりと腰をおろした。象牙色の細長い両手を胸元で組み合わせ、そのまましばし無言ですわっていた。両目はどんよりとして、何の感情もうかがえない。

やがてついに、チェリーニの唇が動いた。

「クラウザーを殺す？　このわたしが？」ククッとか細い笑い声が漏れ、静かな室内に不気味に響き渡った。「まる七年――七年ものあいだ、わたしは彼を殺したくてならなかった。彼を殺すことを考え、計画し、夢に見ながら……いつも怖気《おじけ》づいてしまった。あちらはそれをお見通しで――だからわたしを恐れなかったんですよ」

ジェリーはちらりと父親に目をやった――驚きに両目を見開いて。W・Tは彼に黙っていろと合図して、テーブルの向こうのイタリア人に視線をもどした。優しげな表情の下に、いくらか鋭さをのぞかせている。

「続けて」W・Tは静かに言った。

チェリーニはしばしためらったあと、一気にぶちまけた。

「わたしは――彼を殺してません。誰がやったにせよ、わたしじゃない――そんな度胸はありませんでしたよ。むしろ七年間も囚人として暮らすほうを選んだんです」

ジェリーはふうっと息を吐き出した。この件はしだいに彼の理解を超えはじめていた。

W・Tも眉をひそめていた。これでは謎は少しも解けないままだ。彼はテーブルの上にさらに身を乗り出し、イタリア人をひたと見すえた。

「なあチェリーニ……なぜあんなふうに、とつぜん逃げ出した？」

相手はぽかんと彼を見つめ、ややあって答えた。

「クラウザーが死んだから——とうとう自由になったからですよ」

「どうしてクラウザーが死んだことがわかった？」W・Tは間髪をいれずに尋ねた。

チェリーニの答えは拍子抜けするようなものだった。

「この目で見たんです」と、あっさり言ったのだ。「彼に指示されたとおり、すぐあとからクリステンセンさんの家へ行き——玄関の中に入ったら銃声が聞こえた。それであの部屋に駆け込むと……」チェリーニは言葉を切って目を伏せた。

「すると？」とW・T。

「そうしたら、彼が死んでいて、こちらは自由になったことがわかったんです。何かが頭の中でささやき——わたしはただただ、逃げ出したくなった。それで、入ったばかりのドアから急いで部屋を出ました。でもホールを横切りかけたとき、誰かがやってくる音がして……引きとめられるのが心配で、姿を見られたくなかったんです。玄関の外へ出る暇はなかったから、コート掛けのうしろに隠れて——しばらくそこにいるうちに、警察がやってきた。そのあと、ホールが空《から》になるやいなや庭へ走り出て自分の部屋にもどり、鞄に荷物を詰め込みました。そしてあの車で逃げ出したんです」チェリーニは息苦しげに言葉を切り、じっと警部を見つめ返した。

W・Tはしばしためらったあと、ため息をつき、

「コート掛けのうしろの壁には血がついていたぞ、チェリーニ」

相手の顔からみるみる血の気が引き、鉛色の肌の中で見開かれた両目だけが燃えあがっているようだった。

「あの死んだ男から何を取ったんだ?」とW・T。「何を見つけようとして遺体を仰向けにし、シャツを引き裂いたのかね?」

「じゃあ知ってるんですか?」イタリア人は押し殺された悲鳴のような声で言い、がばと椅子から立ちあがった。恐怖と驚きをもののみごとにあらわした顔つきだ。

W・Tは苛立《いらだ》たしげにうなずいた。

「もちろん知っている。まあすわりなさい」

チェリーニは従った。震えおののくその姿から、ジェリーは思わず目をそらした――あまりに哀れで見ていられなかったのだ。

「何を取ったんだ?」W・Tはゆっくりと続けた。「むろん、気が進まなければ話さんでもいいが」

イタリア人はテーブルの上で組んだ腕の中に突っ伏した。

「だめだ」と悲痛な声で言い、「話せない……そんな……勇気はない」

その苦悶《くもん》が心からのものであることは疑いようもなく、チェリーニは彼らの目のまえでまさに粉々に打ちのめされていた。

W・Tは彼にそのまましばらく無言で顔を隠しておかせたあと、やおら尋ねた。

「なあ、チェリーニ、〈拒まれざる者たちの協会〉について聞いたことがあるか？」ごく静かな声だったにもかかわらず、それが与えた効果は衝撃的だった。イタリア人はさっと頭をあげ、ひょろ長い身体を硬直させて、怯えた獣《けもの》のように鼻孔《びこう》を広げた。

「あなたは誰なんです？」と、震えのとまらないかすれ声で尋ねる。

W・Tは微笑んだ。ふさふさした白い眉の下の真っ青な目が、優しげに細められている。

「それはどうでもいいことだと思うがね」と穏やかに返し、「わたしは知っている、と言うだけでじゅうぶんだろう」

イタリア人はなおも魅入られたように警部を見つめ、小さな部屋につかのま沈黙がただよった。

やがてついに、W・Tはゆったり椅子の背にもたれた。

「これで互いの立場はわかったわけだから、改めて事態を検討してみようじゃないか」彼はさりげなく切り出した。「いいかね、チェリーニ、わたしの唯一の希望はエリック・クラウザー殺しの犯人を見つけることだ。このポケットにはまさにその容疑できみを逮捕するための令状が入っているが、そちらに事実を話す気があるのなら、耳をかたむけるつもりだ。友人としてひとつ助言しておくが――もしも身に覚えがないのなら、恐れずに事実を洗いざらい話すことだぞ。こちらが今しがた述べた容疑以外のことできみを告発することはまずないだろう」

イタリア人はものうげな目をあげ、疲れきった声で言った。

「お話しします」

第九章　拷問者

ひとたびすべてを話す肚《はら》を決めると、チェリーニはまたもやがらりと態度を変えた。疲れきった様子は消え失せ、熱っぽくなめらかに語りはじめた。身ぶり手ぶりを交え、ほっそりした鋭敏な手で要点を強調し――的確に表現しながら。

「刑事さん」彼は切り出した。「今から七年前、例の協会に雇われていたわたしは、この街きっての貧民街にある安アパートで数か月ほどすごす必要に迫られました」そこで言葉を切り、鋭い目でチャロナー警部を見つめた。「自分本来の姿をしばし消し去り、パリの街路をさまよう物乞い――本物の物乞いになることを求められたのです。日々の稼ぎで糊口《ここう》をしのぎ、元の生活での知人たちとは——家内とさえ——いっさい連絡を断って。どこかでばったり出会っても、誰ひとりわたしだとは気づかなかったでしょう」

「家内って——ぼくたちをここに通してくれたご婦人ですか？」ジェリーは思わず口をはさんだ。

イタリア人はうなずき、

「彼女とは昨日、まる七年ぶりに会いました」と手短に答えた。「だけど聞いてください……人間、どれほど身をやつし、無理やり心を新たな立場に合わせても、病気への抵抗力までコントロールできるものじゃありません。パリの物乞いたちの生活は苛酷《かこく》です。みな子供のころからある程度の寒さには慣れているが、わたしはちがった——すっかり身体を壊してしまいました」チェリーニはそこで言葉を切り、真剣そのものの目つきでW・Tを見た。

警部が理解を示してうなずくと、イタリア人は先を続けた。

「ちょうど風邪を引いて弱っていたとき、東方から来たべつの物乞いに熱病を移されてしまって。ひとたまりもありませんでした。それでも、家に帰る勇気はなかった。監視されているのはわかっていたから、協会に疑いが向くようなまねをするわけには……おわかりでしょう、刑事さん？」

「ああ」W・Tは重々しく言った。「よくわかる」

イタリア人は感謝に満ちた目で彼を見つめ、ややあって先を続けた。

「そんなわけで、わたしは這《は》いずるようにアパートの屋根裏部屋へもどり……ベッドに横たわりました。その後は長いこと熱にうかされ、ときたま意識がもどっても、恐怖にあえぐばかりでした。室内は凍りつくほど寒く、自分はもうじき死ぬのだとしか思えなかった。そんなみじめな状態がしばらく続きました――どのぐらいかはわかりませんが、数日間、あるいはほんの数時間だったのかもしれません。ところが、何度目かのひどい譫妄《せんもう》状態から目覚め、迫りくる死と煉獄《れんごく》への恐怖で頭が真っ白になっていたとき、一人の男がわたしの上にかがみ込むのが見えたんです。肩幅の広い大男で、肉付きのいい顔の中の小さなまるい目は、無慈悲でどこか狂ったような輝きを帯びていた……」

チェリーニが言いよどむと、W・Tはうながした。

「それがエリック・クラウザーだったんだな？」

イタリア人はうなずき、恐怖と侮蔑《ぶべつ》の入り混じった何とも言えない表情を浮かべた。クリステンセン夫妻やクラリー・ゲイル、子守女のエスターが、被害者のことを話すときに見せた例のあの表情だ。

「そう、彼でした」チェリーニは言った。「人間の姿をした悪魔です。とにかくお話ししますから――あとはご自分で判断してください。わたしが彼を目にして、今にも死にそうなのだと叫ぶと、彼はうなずきました。ぞっとしましたよ。わたしはクリスチャン――敬虔《けいけん》なカソリック教徒ですからね。最期のときに、罪を許されずに逝くのが怖くてならなかったんです。そこで神父を連れてきてくれと懇願し、無我夢中で、告白しなければならないことが山ほどあるのだと言いました。じっとわたしを見おろすクラウザーの顔が今でも目に浮かびます。わたしはひどく具合が悪かった——高熱と、罪を告白せずに死ぬことへの恐怖で狂わんばかりになっていたんです」

今やチェリーニの口調はただならぬ熱を帯びていた。あのどんよりした目が思いもよらない輝きを放っている。話に聞き入る二人の男たちは、とつぜん彼の迷信深い胸の内をのぞき込み、途方もない信仰心の一端を見せつけられていた。チェリーニは死ぬまえに赦免《しやめん》を得れば、地獄の業火《ごうか》と永遠の責め苦から守られると信じきっているのだ。

「彼は嘲笑《あざわら》いました」イタリア人はやがて、低い一本調子の声で続けた。「にっと歯を剝《む》いてわたしを見おろし、『そんな時間はないぞ』と言ったんです。『きみは神父が着くまえに死ぬだろう』と。こちらの頭から最後のまともな思考力を追い払うにはそれでじゅうぶんでした。わたしが逆上し、ヒステリックにわめきはじめると、彼はとつぜん——なだめるように——自分が告白を聞いてやろうと言い出しました。『秘密は守るつもりだし、きみのために祈ってやろう』と」

チェリーニはそこで深々と息を吸ったが、すぐにまた話を再開し、その言葉はしだいに速度と激しさを増していった。

「わたしはどうかしていた。熱で頭に血がのぼり、何もはっきり考えられなくなっていたんです。身体じゅうが死への恐怖で凍りつき……それで告白しました」イタリア人はそう言うと、じっと見つめる相手の顔にかすかな理解の色が浮かぶのを見て、「わたしは何もかも告白したんです」と話を結んだ。

W・Tはわずかに身じろぎし、チェリーニの切々たる告白のあとでは妙に冷たく聞こえる声で静かに言った。

「例の協会について?」

チェリーニはうなだれた。

「この世で最後の言葉のつもりでした。彼を聴罪師《ちょうざいし》とみなしたのです。ひどく具合が悪かったから……」

「それで?」と尋ねた。

W・Tはうなずき、

「彼はそれを書きとめました」

イタリア人があまりにあっさり答えたので、ジェリーは一瞬、その言葉の重大性がよく理解できなかった。

「彼はそれを書きとめました」チェリーニはくり返し、にわかに憎悪のこもった口調になった。「こちらは衰弱しきっていたから、当然、途切れ途切れに話し――書きとめる時間はたっぷりあった。そうしてすっかり書き終えると、彼はわたしに署名させたんです」

W・Tはつと背筋をのばし、とても信じがたいと言わんばかりに両目を細めてチェリーニを見つめた。

「署名させたって？」

イタリア人はうなずき、静かに答えた。

「こちらは病に冒され、瀕死の状態で——不安でならなかったんです」

W・Tはふたたび椅子の背にもたれて腕組みした。事情が徐々にはっきりしはじめていた。

「正確には何を告白したんだね？」彼はついに尋ねた。

「すべてです」とチェリーニ。

W・Tは眉根を寄せた。

「メンバーの名前をか？」

「すべてです」チェリーニがくり返す。その単純素朴な言葉は、どんな手の込んだ説明よりも多くを物語っていた。

W・Tはそっと口笛を吹き、

「なるほど」と重々しく言った。「なるほど。ところがそのあと——きみは死ななかったというわけか」

イタリア人はうなずいた。

「彼がわたしの命を救ったんです。それが何より許せなかった。あの男は怪物でした、刑事さん――野放しにされた獣《けだもの》です」

W・Tは立ちあがり、暖炉のまえまで歩を進めると、立ちどまって両手をポケットに突っ込んだ。

「その先も話してもらうしかない……今までの話では、残念ながらきみへの嫌疑は深まるばかりだ」

イタリア人は勢い込んでうなずいた。

「そうです、わかっています。説明したいことはまだまだあるんです。とはいえ、刑事さん――あなたは死んだあの男を知らなかった。理解できないかもしれません」

「とにかく話してみることだ」W・Tは穏やかに言った。「もしもそれが事実なら、きっとこちらにもわかるだろう」

イタリア人は両手でテーブルに頬杖をついた。異様に青ざめた顔と干からびたぼさぼさの黒髪のせいで、黄色い光を浴びたその姿はまるで亡霊のように不気味だった。

「刑事さん」彼は切り出した。「エリック・クラウザーはほかのあらゆる点ではむしろ知的な、ごく普通の自己中心的な中年男でしたが、ひとつだけ常軌を逸した、異常なところがありました」

チェリーニは信じてもらえるか危ぶむように、テーブルの向こうの警部におずおず目をやった。W・Tが心からの興味しかうかがえない、真剣そのものの顔で見つめ返すと、イタリア人は話を続けたが、ことさらゆっくり、細心の注意を払って言葉を選んでいるところにも、何とか理解してほしいという思いがにじんでいた。

「彼には例のよくある病的な傾向があり……苦痛を与えることにただならぬ情熱を抱いていた。苦痛に興味があったんですよ。苦痛を引き起こし、被害者が身もだえするのを見守るのが大好きで……相手をチクチクいたぶるごとに、一種の感覚的な喜びを覚えて心底楽しんでいたんです」

W・Tは頭《こうべ》をたれた。

「その手の強迫観念はわたしもさんざん見てきたよ」

イタリア人は彼に鋭い目を向けた。

「でしたら、おわかりでしょう。それがクラウザーの異常な点だった。ただし、普通とはちょっとちがって——彼が興味を抱くのは精神的な苦痛だけでした」

ジェリーは息を呑んで身を乗り出し、W・Tも思わず目をあげた。

「精神的な苦痛です」と、イタリア人はくり返し、「彼はドイツで医学を学び、脳の研究に打ち込むうちに——どんな種類であれ、精神的な苦痛に興奮を覚えるようになった。おそらく最初はひそかな性癖にすぎなかったものが、しだいに病的な執着になっていったのでしょう。この話の時点では、悪魔にでも憑《つ》かれたように彼の全人生がその妄執に支配されていました」

W・Tとジェリーはどちらも今では耳をそばだて、食い入るようにチェリーニを見つめていた。この新たな証言で、今まで不可解に思えていた多くのことの説明がつく。

「けれど、この病的な欲求を満たすのは容易ではなかった」イタリア人は続けた。「言葉や目つきで傷つけるには、そのまえにまず相手に愛を抱かせなければなりません。あるいは、相手について何かを——当人が世間から必死に隠したがっていることを知るしかない。そうすれば子供がギターをいじくるように、その人間の心をもてあそべますからね」

「まるで——ゆすりだ！」ジェリーはわれ知らず口にしていた。

チェリーニは彼に目を向けてうなずいた。

「おっしゃるとおり、ゆすり——苦痛で支払わせるゆすりです」

ジェリーは尋ねるように父親に目をやった。W・Tはひたとチェリーニを凝視したまま、額に皺《しわ》を寄せている。その顔は新たな興味に輝いていた。

「続けてくれ」W・Tは言った。

「クラウザーは常に他人の秘密を探り出していた」チェリーニは声を低めて先を続けた。「秘密を抱えた人々を捜し、身近に置いて監視しながら、しじゅう秘密を暴くという脅しをちらつかせて苦しめていたんです」

W・Tはそっけなく笑った。

「何とも不快なタイプだな！」

イタリア人は食ってかかった。

「わたしの話を信じないんですね！　でも本当なんだ――彼の家にいるのは秘密を握られた人間ばかりだったし――彼はしじゅう自分を恐れる人たちのそばへ引っ越していた」

W・Tは耳をそばだて、何か尋ねようと口を開いたが、考えなおしたようだった。

チェリーニは続けた。

「とにかく、わたしはクラウザーに首根っこを押さえられていたんです。それでなければこんなに長く一緒にいたりするものか――奴隷も同然に、あらゆる屈辱に耐え、彼のあとを追いまわし、何を命じられても黙って従うしかなかったのに……。わたしは彼から離れる勇気がなかったんです、刑事さん。クラウザーはわたしの署名入りの告白書を持っていた――まんいち協会の手に渡れば、こちらの命が危うくなるか、もっとひどいことになりかねない文書を」

W・Tは食いしばった歯の隙間から音を立てて息を吐き出し、

「なるほど――そういうことか」と哀れみのにじむ声で言った。「そしてクラウザーは折にふれて、それをすっぱ抜くときみを脅したんだな？」

「たえずです。こちらは一瞬たりとも心安らかではいられなかった。しじゅう彼を殺すことを考えたものだが――怖気《おじけ》づいてしまった。勇気が出なかったんです」

W・Tはテーブルのまえの席にもどった。

「いいかね、チェリーニ。被害者に関する今の話は大いに参考になった。どれも耳新しい貴重な情報だし、おそらく事実なのだろう。だがここまで聞いたかぎりでは、クラウザーを殺したのはきみではないと納得できるような内容じゃない——むしろ今のところ、やはり犯人はきみにちがいないという確信が強まったほどだ。クラウザーが床に倒れて死んでいるのを見るなりきびすを返して逃げ出したのなら、どうしてきみの手には血がついていたんだ？」

「ああ、刑事さん、わかりませんか？」イタリア人は死にもの狂いの声になり、茶色い両目を子供のように哀れっぽく見開いた。「わたしは彼を仰向けにして——例の告白書を取ったんですよ」

W・Tは片手で白い髪をかきあげた。

「告白書を取った……そうか、なるほど」

「本当なんです、刑事さん」チェリーニが事実を述べていることはあきらかだった。「銃声を聞いてあの部屋に駆け込み、彼がうつ伏せに倒れて死んでいるのを見つけると、真っ先に自分の告白書のことが頭に浮かびました。クラウザーがあれを肌身離さず持ち歩いているのは知っていた——そのまま誰かに見つけさせるわけにはいかなかったんです。それで彼を仰向けにころがして……ううっ！　見るも恐ろしい姿でしたよ。とにかくシャツをこじ開け、革のケースをつかんで逃げるのが精一杯でした。そんなわけで、メイドがホールにあらわれるまえに家から出られなかったんです」

W・Tは両手に顔をうずめた。

「いやはや！　きみを信じたい気になってきたぞ」

チェリーニは椅子の中でさっと背筋をこわばらせ、

「わたしは誓って事実を述べているのです」とゆっくり言ったあと、不意に語気を強めてたたみかけた。「考えてもみてください、刑事さん。どうしてわたしが他人の家で、それも銃を使って彼を殺さなければならないんです？　わたしの得意な武器はナイフだ――ナイフ投げなら、二十フィート離れた壁の上の的にでも当てられる。度胸さえあれば、そんなふうに彼を殺していたはずですよ。それに――よく考えてください――手を下すのを七年間も待ったでしょうか？」

W・Tは腰をあげ、背中のうしろで両手を組んでうつむいたまま、部屋の中をゆっくり歩きはじめた。やがてくるりとふり向き、

「ではチェリーニ」と切り出した。「逮捕はしない――今のところは。きみが潔白なら、パリを離れずこの家にいることだ。今夜のきみの話でこちらの考えは少なからず揺らいだが、まだ犯人はほかの誰かだと納得したわけではないぞ」

イタリア人は立ちあがった。

「お約束します、刑事さん、そのご決断を後悔はさせません。わたしのほうは――ここを動きません。ご用があれば、いつでもここにいます」

「すばらしい」W・Tは帽子と手袋を取りあげ、ドアへと向かった。部屋を出かけたところで、不意に首をめぐらした。

「ところで、チェリーニ。きみは銃声を聞いてほとんどすぐにあの部屋に入ったわけだな?」

「はい、三秒とたたないうちにです」

「それなら、ひょっとして――ちらりとでも目にしなかったかね? 男であれ女であれ、クラウザーを撃った人間がフランス窓の外へ姿を消すのを」

チェリーニはためらい、ややあって答えた。

「いえ、刑事さん」

W・Tはきびすを返して部屋の中にもどった。

「何を見たんだ?」

「あの――何も」

W・Tはかぶりをふった。

「きみはやたらと話をむずかしくしてくれるな。いいかね、わたしの務めはこの件について、できるだけ多くの事実を探り出すことだ。犯人が早く見つかれば、それだけ早く無実の人間が疑われる危険はなくなるんだぞ。さあ、何を見た?」

イタリア人はまたもやためらい、ついに答えた。

「確信はないんです。見たというより、ただの印象と言うか……事実だとは断言できないほど、あっという間に消えてしまって……」

「よくわかるよ」とW・T。「で、どんな印象を抱いたんだ?」

チェリーニは両目をあげてひたと彼を見すえ、おもむろに答えた。

「ちらりと、何か白いものが窓の向こうへ消えるのが見えた気がしたんです――何か白い布地のへりが」

「たとえばエプロンの端っこのような? あるいは、女性の白いペチコートかな?」

「女性の白いペチコート……」チェリーニは認めた。「そんな感じでした、刑事さん」

そのあと、部屋の外に出てドアを閉めると、ジェリーは父親にささやいた。

「バルテとマルブフにはどう話すつもりなんですか?」

返ってきたのは、W・Tらしくもない罰当たりな罵《のの》り言葉だった。

第十章　贅沢《ぜいたく》三昧するレディたち

翌日の十一時ちょっとすぎ、ジェリーと父親は陽射しのあふれるイタリアン通りをぶらつきながら、前夜の出来事について話し合っていた。

彼らが常に礼儀正しいバルテとひそかに面白がっているようなマルブフにようやく別れを告げたのは、夜明けをとうにすぎてからで、そのころにはもうW・Tは口をきく気にもなれなくなっていた。だが風呂を使って数時間ほど眠った今では、彼もいくらか現状を受け入れられるようになっていた。

「むろん、チェリーニには監視をつけさせて」W・Tは言っていた。「常に動きをつかんでおくつもりだが――どうもわたしは昨夜の話を信じたい気になっているんだ。チェリーニの言うあの手の狂気は、おそらく彼が考えているほどめずらしくはないし、それならクラリー・ゲイルの尋常ならざる行動も合点がいく」

「クラリー・ゲイル……被害者の近侍《きんじ》だった例の前科者ですね？　どうしてあの男がすっぱり足を洗ったのがそんなにひっかかるんですか？」

チャロナー警部は首をふり、おごそかに言った。

「いいかね、ジェリー。世間には心の弱さから、ふとした出来心――あるいは恐怖や、純然たる必要性から――罪を犯す者たちがいる。そうした連中なら、とつぜん悔い改めて更生してもおかしくはない。だがそれとはべつに、心のねじ曲がった生来の犯罪者――根っからの悪党というやつがいてな。クラリー・ゲイルもそうだ。あいつの犯罪歴は七歳ではじまり、これまで六十三年の生涯のうち、二十五年を獄中ですごしている。それがこの十年間だけ非のうちどころのない生活を送ってきたというのは……どうにも不自然に思えるのさ」

ジェリーはうなずき、ややあって——

「でも彼は何も話そうとしないんでしょう?」

「ああ」W・Tは顔をしかめた。「検死審問があった日の朝も長いことおしゃべりしてみたんだが、あいつはそのへんの事情はいっさい話さなかった。自分のアリバイが強固なことを知っていて、やけに強気でな。何ひとつ聞き出せなかったよ。なあジェリー、わたしはこの件にほとほとうんざりしてきた——こっちの気力が衰えたのか、それともこれが、かつてお目にかかったことがないほどしゃくにさわる不可解な事件だからなのかは知らんがね。被害者は真っ昼間に人のうじゃうじゃいる家の中で殺されたのに、誰のしわざなのか皆目わからんときた」

W・Tはしばし言葉を切ったあと、いくらかゆっくり先を続けた。

「やはり、クラリー・ゲイルが犯罪から遠ざかっていたのに身の危険を感じたからだ。クラウザーに何かの弱みを握られとったにちがいない。だからこそ、わたしはあの〝精神的なゆすり〟とかいうチェリーニの話を信じる気になっているのさ。それならぴたりと符合する」

ジェリーは表情豊かに肩をすくめた。

「ぞっとしない話だな。なぜかそういう異常さは、物理的な犯罪よりおぞましく思えますよね」

「当然だ」W・Tはそっけなく言った。「いっぽうはある意味で健全だが——こちらはちがう。犯罪と悪徳には大きなちがいがあるんだよ。ともかく、あのクラウザーという男はどこかに監禁されるべきだった。だがまあ、それはこちらには関係のない話だ。われわれの務めは、誰が彼を殺したのかを探り出すことなのだからな。この件については次々と新たな事実がわかっとるのに、まるで展望が開けん……。たぶん、おまえにもこれといった名案はないのだろうな？」

「そうですね……」ジェリーはおぼつかなげに答えた。「今でもすべてが事件当日と同じぐらい不可解に見えてしまって。ぼくはチェリーニで間違いないと思ってたんだけど——」

「そりゃあ、こちらも同様さ！」W・Tは応じ、憤然とつけ加えた。「あのマルブフとかいうやつが立ち去るときの、小馬鹿にしたような笑い顔を見たか？」

「いや」ジェリーは雄々しく嘘をついた。「ぼくには——彼はすごく同情的に見えましたよ」

W・Tはうなった。

「あいつに同情なんかされてたまるか」とむかっ腹を立てたように言い、黙りこくってずんずん歩を進めた。

「じゃあ次はいったんふり出しにもどって……あれっ⁉」ジェリーははたと口をつぐんで立ちどまった。

「どうしたんだ？」W・Tはいぶかしげに彼を見た。

「ノーラ！」ジェリーは叫び、全速力で舗道を突き進みはじめた。

息子は頭がどうかしたのかと、W・Tは呆気《あっけ》にとられてその姿を目で追った。だが次の瞬間には、彼も心底驚いた顔で通りの先を見つめていた。十ヤードほど向こうの香水店のまえに、オープンカーのタクシーがとまっていた。中には一人の女性がすわり、ドアのステップに足をかけたもう一人の女性がジェリーと言葉を交わしている。

クリステンセン夫人と妹のノーラだ。

W・Tが近づいたときには若い二人は夢中で話し込み、クリステンセン夫人は満足げに微笑みながらそれを見守っていた。

警部が驚き、いささか当惑したことに、夫人はチャロナー父子《おやこ》を旧友さながらに歓迎した。

「この街には一人も知り合いがいませんの――お二人にばったりお会いできてどんなに嬉しいか！　今は何かお仕事中？　わたしたちはちょうどホテルに食事をしにもどるところですのよ。ご一緒にいかが？」クリステンセン夫人は熱心に誘いかけてきた。彼らに会えたことを本気で喜んでいるらしく、その笑みも言葉も心からのものだった。

W・Tは内心の驚きをおくびにも出さずに彼女を見つめた。ほんの数日前に英国で別れたときの、あの追い詰められた目つきの怯えきった女性とはまるで別人のようだった。彼女は何歳も若返ったように見え、頬は薔薇《ばら》色で表情にも新たな活気がうかがえる。好奇心をそそられたW・Tは五分とたたないうちに昼食の誘いを受け入れ、彼ら四人はガタガタ揺れ動く車で平和通り《リュ・ド・ラペ》をヴァンドーム広場へと向かった。

ジェリーとノーラは馬鹿に仲むつまじげだったので、W・Tはもっぱらクリステンセン夫人に注意を向けた。結局、あれこれ尋ねるまでもなかった。彼女は進んで楽しげにぺらぺらしゃべりはじめたのだ。

「ちょっと息抜きをすべきだと思いましたの——ほんの一週間かそこらでも。それで南海岸のマントンへ、しばらく休みにいくつもりですのよ」

「むろん、ご自宅のほうには、あー……連絡先の住所を残してこられたのでしょうな?」

W・Tは思わず、そう尋ねずにはいられなかった。

夫人は正気を疑うような目で彼を見つめた。

「もちろんですわ。だってほら、主人は一緒じゃありませんのよ」

「ほう?」

クリステンセン夫人は微笑して、じつに愛らしく顔をしかめた。

「彼は長旅をいやがりましたの。気の毒に、あんな椅子にすわったきりでは居心地が悪いですものね」

「それはまあ」W・Tはいつもの礼儀正しい、慈愛に満ちた笑みを浮かべた。「それでご主人は置いてこられたわけですな?」

小柄な女性はうなずいた。

「急いでエスターとおちびちゃんをボーンマス（英国南部の保養地）へ送り出し、ロジャーをヨークシャーの義姉《あね》のところへやって、ノーラとこちらへ参りましたの。昨日着いたばかりですのよ。午後はドレスを買いにいって、明日にはマントンへ発つつもりです」そう締めくくり、子供のように両手をたたいて笑う夫人を見るうちに、W・Tはふと奇妙な考えにとらわれた。彼女は解放されたのだ——放課後の子供か、籠から出された小鳥のように。

だが、これには戸惑うばかりだった。彼女がにわかに元気づいたのは不思議だし、金のこともだ。〈白亜荘《ホワイトコテージ》〉は慎み深い小さな家で——クリステンセン夫妻も慎み深い人々だ。おそらく、投資の利益でつましく暮らしているのだろう。だが今のクリステンセン夫人は贅沢そのものの雰囲気を発し、彼女もノーラも趣味のよい、たいそう高価な服を着ている。衣類の値段を瞬時に見抜ける——それが仕事の一部でもある——W・Tには、この小柄なレディがすでに思いきり散財してきたことがわかった。

ホテルに着いてみると、そこもまたパリ市内で屈指の高価な一流ホテルだった。姉妹は専用のスイートルームに泊まり、英国人のメイドまで連れてきていた。例の内気なキャスリーンだが、今では小粋《こいき》なグレイのシルクの制服に身を包み、がぜん溌剌《はつらつ》として自信に満ちている。

料理が部屋に運ばれてくると、姉妹は食事のあいだじゅう、女学生のように他愛ないおしゃべりを続けた。どちらも初めてパリを訪れ、その体験を存分に楽しんでいるようだ——

W・Tに理解できたかぎりでは、ひとときも無駄にせず。まあ要するに、きわめて無謀な女らしい贅沢三昧といったところだろう。それを考えれば考えるほど、W・Tはいよいよ戸惑った。

彼はちらりとジェリーを見やったが、息子の意見も同じか確かめようとしたのなら、空振《からぶ》りだった。ジェリーはノーラと話すのに夢中で、ほかの者など眼中にないらしい。殺人事件のことなど、きれいに忘れ果てているようだった。

そうこうするうちに昼食会はお開きになり、女性たちは平和通り《リュ・ド・ラペ》への出撃にそなえて着替えをし、W・Tとジェリーは自分たちのホテルへもどることになった。

彼らはなごやかに別れ、W・Tは今夜の夕食もご一緒したいと姉妹を説き伏せた。

笑顔のキャスリーンが小さな廊下の先のドアまで父子《おやこ》を見送りにきた。

「またお会いできて嬉しいです、旦那様」彼女は何とか自分に注意を向けてもらいたがっているようだった。

W・Tはにこやかに笑った。

「ありがとう、キャスリーン。パリはどうだね？　楽しんでいるかい？」

キャスリーンは小さな丸い両目で天を仰ぎ、ため息をついた。

「そりゃあもう！　奥様があのお金のことを耳になすってからは、ほんとにすてきなことばかりで」

「お金？」W・Tは少々驚いた口調になった。

メイドは眉をつりあげた。

「お聞きになってませんか？　刑事さんなら真っ先に知ってらっしゃいそうなのに。奥様はクラウザーさん——あの殺された人のお金をそっくり受け継がれたんですよ」

第十一章　深夜の協議

「ねえ、お父さん、どうするつもりなんですか？」ジェリーはその問いを喧嘩腰で口にした。

二人は〈カフェ・ド・パリ〉での夕食のあと、クリステンセン夫人とノーラを送って自分たちのホテルへもどったところで、ラウンジの人気《ひとけ》のない隅の席に腰を落ち着けていた。

「どうするつもりなんですか？」ジェリーがくり返す。

W・T・チャロナー警部はソーダ割りのブランディをガラス板のついた籐製《とうせい》のテーブルに置き、いったい何ごとかと両目をパチクリさせて息子を見た。

「おやおやジェリー、あのシャトー・ディケムの酔いがまわったようだな——もう寝床へ引きあげたほうがよさそうだ」

ジェリーは腹立たしげに顔を赤らめた。

「今はそんな冗談につき合う気分じゃないんです」彼は苛立《いらだ》ちを隠そうともしなかった。「お父さんがどうするつもりか知りたいんですよ。ぼくたちはなぜ明日にもイギリスへ帰らないんですか?」

「それはだな」W・Tは陽気に答えた。「こっちにいたほうが役に立ちそうだからさ」

「役に立つ?」ジェリーは蔑《さげす》むように声を高めた。「それはつまり、例の殺人事件について、ろくでもない事実をさらにほじくり出すってことなんでしょうね」

「そりゃまあ……」W・Tは穏やかに言った。「われわれはそのためにここへ来たんだからな」

ジェリーはしばし間を置き、ぶすりと言った。

「そうはいっても、ぼくらは女性たちをディナーに連れ出して、あれこれ詮索するためにここへ来たんじゃありません」

W・Tは何も答えず、ブランディをちびちびかたむけている。

ジェリーの軽蔑と屈辱の入り混じった表情がさらに強まった。

「あんなやり方は胸がむかつきますよ!」

W・Tは重々しく彼を見つめ、ようやく口を開いた。

「なあジェリー、おまえはノーラ・ベイリスがエリック・クラウザーを撃ったと思うのか?」

「ええっ、まさか！」さっと背筋をのばしたジェリーの顔は、そんなことを言い出した父親への怒りで真っ赤になっていた。

「じゃあ彼女の姉がやったと？」

「い……いや、もちろんちがいます」

「ほう、それなら」W・Tは椅子の背にもたれた。「彼女たちが決して疑われんように身の証《あかし》を立ててやるのが、こちらにできる最善のことじゃないのかね？」

ジェリーは顔をしかめてもぞもぞ身体を動かした。

「そりゃあ――たしかに――そうでしょうけど」とついに答え、「あのうさん臭い金の件には参りましたね」

W・Tはうなずいた。

「まったく妙な話だ。デッドウッドは頭がどうかしとるにちがいない。すぐに知らせてよこすべきだったのに――女性たちがパリへ来ることもだが――一言も連絡がないんだぞ。いったいあちらで何をしとるのやら」

「ひょっとして、デッドウッド警部はお父さんがチェリーニを逮捕すると決め込んでたんじゃないのかな」

W・Tは顔をしかめ、

「ありそうなことだ」と憂鬱《ゆううつ》げに言った。「それでも知らせはよこすべきだったぞ――とりわけ、あの金の件についてはな。むろん、今日の午後ここへもどるやいなや、クラウザーの遺言状の写しを送れと打電しておいたがね。朝には返事が来るはずだから、ともかく何かがわかるだろう」

ジェリーは椅子の中で身を乗り出し、片手でぎゅっとひざをつかんだ。

「あの人に——あんなことがやれたはずはありません」

「誰だ——クリステンセン夫人か？」

「もちろんです」

W・Tはしばらく口をつぐんだままだった——真っ青な両目にかすかに残念そうな表情を浮かべて。

「どうかな……女というのは堪忍袋《かんにんぶくろ》の緒が切れると、何でもやらかしかねん。わからんぞ」

「彼女のはずはない」ジェリーは言い張った。「まさか！　ありえませんよ！」

「どうしてそう思うんだ？」

さりげなく尋ねられ、ジェリーは胸の内をぶちまけた。

「だって——そうでしょう？　あんな妹のいる女性が——そんなことをするなんて。馬鹿げてますよ。つまり——」彼は父親の顔に浮かんだ表情を見て、はたと口をつぐんだ。

「やれやれジェリー」W・Tはやんわりたしなめた。「そんな理屈はな、すっかり舞いあがった今のおまえには通用するかもしれんが、こちらに同じ効果を期待しても無駄だぞ」

「だったら、お父さんはあの人がやったと思ってるんですか？」

Ｗ・Ｔは白髪頭をかきむしり、何やら愛嬌たっぷりのフクロウさながらの姿になった。

「正直言ってジェリー、見当もつかんよ。ときには何でも信じられる気がしてな。厄介なことに、この件の関係者は誰ひとり芝居がかったことはせず――うまく立ちまわろうともしていない。こぞって、何もやましいところはないかのようにふるまっている。だがそれは不自然だ――今ごろはもう、誰かが浮足立って尻尾を出しとるはずなのだからな。ともあれ、そろそろ寝床へ引きあげるとしよう。お互い、ここにいても何ができるわけじゃなし。朝には例の遺言書の写しが着いて、少しは手がかりが得られるかもしれん」

Ｗ・Ｔが立ちあがろうとすると、ジェリーがとつぜんテーブルの向こうから身を乗り出して押しとどめた。

「お父さん」ともどかしげに言う。「あのクラウザーってやつは――殺されて当然だったんだ。つまり――」ジェリーは父親にまじまじと見つめられ、口早に先を続けた。「つまり、彼は不快きわまる病的な男で――まともじゃなかったんですよ。どのみち、世間の邪魔にならないようにされてしかるべきだったんだ。誰が殺そうと、それが問題ですか？」

「それが問題かって？」Ｗ・Ｔが呆気《あっけ》にとられて問い返す。

ジェリーはうなずいた。必死に集中するあまり、眉間《みけん》に皺《しわ》が刻まれ、若々しい顔がとつぜん厳しくなっていた。

「そうです。誰であれ、あの男を殺した者は自衛のためにやったんですよ——肉体的にはともかく、精神的に追い詰められて。なぜ放っておいてやらないんです？」

Ｗ・Ｔの青い目がぐっと細まった。

「どういう意味だ？」

「こんな事件はさっさとうっちゃって……放っておけばいいんです。これ以上は詮索せずに」

「放り出せだと！」Ｗ・Ｔの顔に、ぞっとしたような表情が広がった。「事件を放り出せ？　おいおい、どうかしとるぞ！」

「ぼくはどうもしてません。ほんとに、それがいちばんですよ。もうこれ以上、何も探り出すべきじゃない」

Ｗ・Ｔはかぶりをふった。

「いいか、ジェリー。われわれの仕事では、決して真実を知ることを恐れてはならんのだ。おまえがいくらこの事件を放り出させたがっても、わたしはプロとしての誇りにかけて、それだけはぜったいにできんぞ。おまえは自分がひそかに信じていることを目のまえにつきつけられるのが怖いんだ。おまえはクリステンセン夫人があの銃を撃ったと信じ——いいから口をはさむな——もういちど言うが、おまえは彼女がエリック・クラウザーを殺したと信じ、それが証明されるのを恐れている。だがそれは賢明じゃないぞ。疑念というのは常に危険なものだ。ほかのみんなはむろん、彼女自身のためにも、できるだけの事実を探り出さねばならん。クラウザーは何か彼女の弱みを握っていた――あのエスターという老女も知っている何かの秘密を。こちらはそれが何だったのかを探り出すしかない。彼がなぜクリステンセン夫人に金を遺《のこ》したのか……彼女は潔白なのか否かをな」

ジェリーはため息をついた。

「じゃあ、手を引くつもりはないんですね」

「もちろんだ――そんな無茶な提案は聞いたこともないぞ」W・Tはきっぱり答えて立ちあがった。「容疑者の妹は美人だとかいうおまえの意見のせいで、わたしが職務を放棄して何人もの無実の人間を疑惑の目にさらしておくと思うのか？　おまえは少々恋に目がくらんどるようだから大目に見るが、そうでなければ頭でもたたいてやるところだぞ」それだけ言うと、W・Tはまだぷりぷりしながら寝床へと立ち去った。

ジェリーのほうは、遅くまでじっとそこにすわってノーラのことを考えていた。

第十二章　次の一手

翌朝、W・T・チャロナー警部はまわりじゅうのフランス人ウェイターの白い目をものともせずに注文した英国式の朝食をまえに、じりじりと苛立《いらだ》ちをつのらせていた。ようやくジェリーが階下《した》に姿をあらわすと、彼は小さなテーブルごしにじろりと息子をねめつけた。

「例のものは着きましたか？」遺言書のことが気になっていたジェリーは尋ねた。

「いや」とＷ・Ｔ。「これでまた一日、身動きできなくなりそうだ。おおかた、すぐには手に入らなかったのだろう」

「そうか……でもまあ、きっと今夜には届きますよ。何かほかに収穫は？」

「ない」Ｗ・Ｔは噛みつくように言った。「こちらの報告に答えて、デッドウッドがアホくさい手紙をよこしただけだ」

ジェリーはにやりとした。父親の苛立ちの原因が読めてきたのだ。デッドウッド警部は他人の担当事件について常に鋭い指摘をくり出す男で、本人に悪気はないのだが、これほど確実にＷ・Ｔの神経を逆なでできる者はこの世に二人といそうにない。

「へえ！　警部はどう考えてるんです？」

「何も考えとらん」Ｗ・Ｔはとげとげしく言った。「それがあの男の困ったところさ。クラウザーが猟銃の引き金にひもを結びつけ、自分の胸を吹き飛ばした可能性を考えてみたか、だと」Ｗ・Ｔは馬鹿にしきったように鼻を鳴らした。「じゃあ、そのひもはどうなったと思うんだ？　わたしが見落としたとでも？　現場の混乱のせいで気づかなかったとか？　デッドウッドはまた下らん続き漫画でも読んどるにちがいない！」

W・Tはその白髪頭とおおむね古風な外見に奇妙に似合う猛々《たけだけ》しさで、皿の上のベーコンに襲いかかった。

ジェリーはしばしためらったあと、

「じゃあやっぱり……」と切り出した。「自殺の線はありえないんですね？」

W・Tはかぶりをふった。

「ありえんな。その点はぜったい間違いない。自殺なら何かの痕跡が残るはずだし——あれは事故でもない。あの銃がとつぜん勝手に暴発する気になったわけじゃないぞ。あの殺しは例の〝半ヤードの弦《げん》〟だの〝一筋の銅線〟だの〝腕時計のぜんまい〟だのといった仕掛けとは無縁のものだ、ジェリー。それに通りすがりのサルや、仕事にあぶれた男がほんの気晴しにやったとも思えん。インドでクラウザーに恨みを抱いた男が、たまたまあのとき、誰にも知られずにクリステンセン家のダイニングルームにいたはずもないしな。その手のことはいっさい考えられん。あれはあきらかに、これまでわたしが何度も目にしてきたような、衝動的ではあるが悪意のこもった殺人だ。あいにく、あきらかなのはそれぐらいだが」

ジェリーはうなずき、ためらいがちに尋ねた。

「じゃあまだ、最後までやり抜くつもりなんですね？」

「もちろんだ」W・Tはきっぱりと答えた。「わたしはこれまでどんな事件も途中で投げ出したことはない。そんなことは考えただけでぞっとする。これはわたしの仕事なんだぞ」

ジェリーは顔をしかめた。

「お父さんがどうして引退しないのか不思議ですよ。お金はたっぷりあるんだから、年金とかが出るのを待ってるわけじゃないし……今の生活が好きなわけでもない。このまえ、ドクター・ケイヴにそう言ってましたよね」そこでしばし言葉を切り、答えがないので先を続けた。「だのになぜ、こんなふうに頑張るんです？ ぼくの知るかぎり、そもそもこの仕事に就いたのは一種の偶然からなんでしょう？ 両親は死ぬまで許さなかったみたいじゃないですか」

「わたしがこの仕事に就いたのは」W・Tは静かに言った。「この仕事に心を惹かれたから……根っから向いているからさ。むろん、日々の業務には嫌悪を感じることも多々あるが、いちばん肝心な、事実を追及する本能は今も変わらん。きっと椅子から立ちあがれんほど老いぼれるまで、ぶつくさ言いながら働き続けとるだろうよ」

ジェリーはもう何も言わなかった。当面、ほかに言えることはなかったのだ。

その日の午後も遅くなってから——とはいえチャロナー警部の予想よりは早く——待ちに待ったエリック・クラウザーの遺言書の写しが届いた。

W・Tはすぐさまそれを持ち去り、一人で部屋に閉じこもった。ジェリーは父親にゆっくり目を通す暇を与えたあと、そっと室内に入っていった。

「何かすごい収穫でも?」背後のドアを閉めながら尋ねる。

W・Tは目をあげた。

「いや。それほどでもないが——ひとつ気になることがある。まあ聞いてくれ。『上記の銀行預金の残余に加え、株式、戦時国債、その他の有価証券はすべて、しかるべき受遺者であるケント州ブランデスドン村〈白亜荘《ホワイトコテージ》〉のロジャー・クリステンセン夫人に遺《のこ》すものとする』」

「しかるべき受遺者?」

W・Tはうなずいた。

「さて、それは——正確には——どういう意味なのだろう? なあジェリー、ここはちょっと探りを入れてみるしかないぞ。あの女性が殺人そのものには手を染めとらんとしても、これについては何か知っているはずだ」

「『しかるべき受遺者である……』」ジェリーもその文言にがぜん興味をそそられていた。

「つまり彼女はクラウザーと何らかの——親戚関係にあるってことかな?」

W・Tはかぶりをふった。

「さてな。むろん可能性はあるが、どうもそうは思えん。どのみち、じきにわかるはずだがね。ロンドンを発つまえに、調査部の連中にクラウザーについて調べるように言ってある。数日中にあの男の人生について、たどれるかぎりの詳細な報告が届くはずだよ。それで何かがわかるだろう。当面、こちらはクリステンセン夫人に注意を集中するしかない。なにせこの遺言書には、なかなか意味深長な点があることだし……」

ジェリーはすばやく目をあげた。

「何ですか？」

W・Tは鋭く彼を見つめ、

「日付だよ」と答えた。「この遺言書は六年前に作られている」

ジェリーは息を呑み、やおら尋ねた。

「じゃあ、次はどうするんですか？」

W・Tは懐中時計に目をやった。

「マルセイユ経由の地中海沿岸への夜行列車が七時にリヨン駅を出る。それに何とか飛び乗るとしよう。彼女たちが南へ発ってからまだ半日しかたっとらん」

ジェリーはため息をつき、無言で荷物をまとめはじめた。人生はとつじょ、思いもよらない厄介ごとだらけになっていた。


彼らは悠然とその汽車をつかまえた。いっさいあわてたそぶりを見せずに急ぐという離れ業《わざ》をやってのけるのは、W・Tの特技のひとつなのだ。

まだ秋の初めで、地中海の社交シーズンは幕を開けていなかったので、車内は比較的空いており、父子《おやこ》は二人だけで客室を使うことができた。

しかし、ジェリーは黙りこくったままだった。彼にとっては気に入らない展開だった。少なくともここ二十四時間はノーラのことしか考えられず、ほかのすべてがいささか些末《さまつ》なことに思えていたのだ。W・Tは座席の隅に陣どり、頭のうしろに手荷物を枕がわりに当てて、胸元で腕を組んでいる。

やがて徐々に長い一夜が明け、オリーヴの木々と赤土から成る新たな大地が見えたかと思うと、ついに海を背にそそり立つ巨大な黒い岩山があらわれ、列車がマルセイユに着いた。海岸線にそって進むマントンまでの旅の残りは、ジェリーも思わず引き込まれるほど興趣に富んでいた。片側にはおとぎ話のような城館を戴く山々、そしてもういっぽうの側には、信じられないほど真っ青な入り江が果てしなく連なっている。これにはいやでも目を奪われた。気温もしだいにあがり、列車がマントンの小さな駅に着いたころには、フラノのシャツを持ってこなかったのが悔やまれるほどだった。

父子《おやこ》は町の繁華街に近い古びた一角の静かなホテルを選び、汽車での長旅につきものの汚れを洗い落とすと、周囲の偵察に出かけた。

大陸の南海岸を初めて訪れたジェリーは、その陽気で色あざやかな風景にすっかり魅せられていた。周囲の山々からやってきた珍妙な荷車と、ならず者じみた風体《ふうてい》の騒がしい御者《ぎょしゃ》たち。驚くような髪型の、帽子をかぶっていない娘たち……。どこもかしこも光にあふれ――

すべてが新鮮で快い。それでも、自分たちがここへ来た目的を思い出すと心が乱れた。たったひとつの気がかりだが、それでじゅうぶんだった。あの殺された男――明るい小さな部屋の床に倒れた血まみれのおぞましいものの記憶が、ジェリーと周囲の陽気な世界のあいだに亡霊のように立ちふさがり、どうしても押しやることができなかった。

何やら笑いさざめく人々でいっぱいの、狭くて騒々しい通りのひとつを歩いていたとき、W・Tがとつぜん彼の腕に手を触れた。

「あれは誰だ?」と小声でささやく。

ジェリーは父親の視線をたどった。W・Tがじっと見つめていたのは、一軒のカフェの店先に並ぶ小さなテーブルのひとつをまえに、腰をおろしてくつろぐ初老の男だった。

休暇中のロンドンっ子を描いた風刺画そのままの姿だ。貧弱な体型がまる出しの、下卑《げび》たカットの真新しい青いスーツ。地面から優に二フィートは離れたところでぶらぶら揺れる、明るい茶色の靴。ネクタイはあらゆるネクタイ屋の不名誉になるようなしろもので、頭のうしろにはくすんだ灰色の中折れ帽が鎮座している。ジェリーはその男をまじまじと見た。

もちろん服装は変わっていたが、縁の赤らんだ薄ぼけた目と、ぞっとするほどべたついた黄ばんだ灰色の口髭にはうっすら見覚えがあった。

「何と、クラリー・ゲイルですよ!」ジェリーはささやいた。

W・Tはうなずき、彼の腕をつかんでそっと通りの反対側へ導いた。

「ふり向くんじゃないぞ。こっちの姿を見られたくない。はてさて、いったいあいつはこんなところで何をしとるんだ？」

第十三章　前歴

「いや、ジェリー、やはりロンドンからクラウザーに関する報告書が届くまで、このままじっとしとるのがいちばんだろう。できるだけ多くの情報が手に入るまで、誰とも話さんほうがいい」

　ホテルの寝室のバルコニーでデッキチェアにもたれたW・T・チャロナー警部は、考え込むように煙草をくゆらせた。さしたる進展もないまま、すでにマントンに来て二日がすぎていた。

　いかにも南国らしい夜の空気は生暖かく、町の中心部の喧騒がかすかに伝わってくる。空にはところせましと星がまたたき、カフェの店先をおおう縞模様の日除《ひよ》けのフリルをそよがす風ひとつ吹いていない。薄暗闇の中に響く警部の声は、いつにもまして低く穏やかだった。

　ジェリーはもぞもぞ動き、ため息をついた。

「でもまあ、彼女たちの居場所はわかったわけだし」

W・Tがうなずく。

「何はともあれ、それは収穫だ。あとは報告書を待つしかない。例の〝しかるべき受遺者〟なる文言が気になってならんのだ」

「クラリー・ゲイルの件もです」ジェリーはゆっくりと言った。「あの男も金回りがよくなったみたいだ。クラウザー殺しの奇妙な点のひとつは、彼とかかわりのあった者たちがとつぜん裕福になったことですよ」

「それはわたしも考えた」W・Tがわずかに姿勢を変え、薄暗闇の中でデッキチェアがキーッと音をたてた。「ただし、遺言書の中にゲイルの名は見当たらなかったがね」しばし言葉を切って、W・Tは続けた。「やはりどう見ても、ゲイルが金を手にしたのなら、それは自ら不正な手段で稼いだものだろう。正直言って、ジェリー、わたしはあいつを見て仰天したよ。むろん、あの二人の女性がここにいることと何か関係しとるにちがいない」

「なぜですか？」

「それはだな」――W・Tは思わせぶりな口調になり――「クラリー・ゲイルのような男がただの遊びでマントンへ来るはずはないからさ。ブラックプール（イングランド北西部の保養地）になら行くかもしれんし、せっぱ詰まれば当てもなくモンテカルロへ行くことだってなきにしもあらずだが、マントンは――ありえん！」

「でもあんな男がクリステンセン夫人やノーラとどう関係してるというんです？　彼女たち

に雇われてるとでも？」ジェリーは喧嘩腰で尋ねた。

W・Tは眉をつりあげた。

「そいつは思いつかなかったぞ……それにありそうもないことだ。ゲイルがあの二人のために何をするのか見当もつかんからな。だがほかの誰かに雇われて彼女たちを見張っているのかもしれん。まだそこを判断できるほどの情報はつかめていないがね」

W・Tの声が途切れたあと、あたりはしばらく沈黙に包まれた。やがて、ジェリーが口を開いた。

「それにもちろん、まだゲイルがクラウザーにどんな弱みを握られてたのかもわかっていないわけでしょう？」

「ああ、正確にはな。だがおおかた目星はついているんだ。おまえとパリでぶらぶらしとるあいだに、ゲイルのかかわった最後の事件に関する報告書を送らせてみたのさ」

「へえ？」ジェリーはにわかに興味を示して言った。「どんな事件だったんですか？」

W・Tは答えるまえにもう一本の煙草に火をつけた。

「ああ、押し込みなんだがね。かなり悪質な事件で、数人が関与していた。当時はけっこう世間を騒がせたものだよ。ロンドン西部のフィアリング・パーク街にグラントという男の家があり、独り身の彼はそこに二人の使用人たちと住んでいた――従僕のブリッグスと、料理人のミセス・ファイルだ。ある晩、ならず者の一味――ゲイルとほかの二人のろくでもない乱暴者の、アブラハムズとグッディがそこに押し入った。家のおもて側の部屋で眠っていたグラントは何も気づかなかったが、調理場の上の寝室にいた使用人たちは物音で目を覚まし、ブリッグスがそっと階下《した》におりてやつら三人を不意打ちにした。

アブラハムズはブリッグスにあとを追われて逃げ出した。ほかの二人は家のわきの窓から抜け出そうとしたが、最初に外へ出たグッディは待ちかまえていた巡査の腕の中にまっすぐ飛び込むはめになった。そのあと急を告げる声を聞き、彼らが家の中にもどると、従僕のあとを追って調理場へおりてきたミセス・ファイルが足をすべらせ、階段の下に倒れているのが見つかった。落ちた拍子にブリキのたらいにぶつけた頭がぱっくり割れて、彼女は死んでいた。

当時は、彼女が落ちたのは必ずしも事故ではないとする説があり、かなりの噂になったものだがね。誰も何ひとつ証明できんまま、やつら三人は処刑を免れた」

「それで?」とジェリー。

「おや、わからんのかね? 最後に家から出ようとしたのはゲイルだぞ。当時の仮説が正しかったとすれば、彼女にパンチを食らわせたのはゲイルだ。ほかの二人はどちらも、わが身に危険がふりかかれば友情のために口をつぐんどるようなタイプじゃなかったからな」

「じゃあゲイルが彼女を殺したってことですか?」

W・Tはさっと非難がましい身ぶりをし、

「いやいや、わたしは何も言ってはおらんぞ。ただひょっとするとその線もありかと考えとるだけだ。とにかく、十年間もクラウザーの元で気に染まん仕事をするのは、ゲイルにとっては牢屋にいるのも同然だったはずだ。そして鉄格子もないのにクラリー・ゲイルが牢屋にとどまったのは、大事な首を吊るされることへの恐怖があったから……。つまりだな」W・Tはとつぜん、切り出した。「かりにクラウザーはゲイルがその料理女を殺したことを知っていた――それを証明できたのだとしたら――例の特異な性向からして、彼はゲイルを警察につき出すより、手元に置いていたぶることを選んだはずだ。それでこの十年間のことが説明できるんじゃないかな？」

「まあね」ジェリーは疑わしげに言った。「もちろん、そうでしょう。でもいったいどうしてクラウザーがゲイルの犯した罪を知っていたんです？」

「たしかに」とW・T。「この推理はそこが玉に瑕《きず》だな」

「瑕？」ジェリーはにやりとした。「むしろひどい大穴ですよ、お父さん」

W・Tはうなずき、

「そうかもしれん。おまえの言うとおりなのだろう」と愛想よく言った。「だが多少とも、それに近いことがあったように思えてならんのさ。どんなことかはわからん――今はまだ。だがいずれはこちらの見込みどおりだったのがわかるはずだ。そんな予感がするんだよ」

「チェリーニのときみたいに？」ジェリーがまぜ返す。

W・Tは咳払いして、涼しい顔で答えた。

「それはジェリー、親不孝な態度というものだぞ」

そこで二人の会話はとつぜん、ノックの音にさえぎられた。ドアを開けにいったジェリーは、小さな包みを手にもどってきた。

「これが届きましたよ」

「報告書か？」W・Tの声には並々ならぬ期待がにじんでいた。

「さあ、わからないけど……ともかく本部からです。開きましょうか？」ジェリーがそう言ったときには、W・Tもすでにベランダから部屋に足を踏み入れていた。

彼は細長い封筒を取りあげて開き、中からタイプで打たれた書類を取り出すと、明かりの下のテーブルに広げた。ジェリーも父親の肩ごしに身を乗り出し、二人はともに目を走らせた。

公文書らしい番号とタイトルのあとに、こんな文面が綴《つづ》られていた――


お問い合わせの人物については、ごくわずかなことしかわからず、確認できるのは以下の事実のみです。

「なかなか胸の躍る書き出しだな」W・Tはそうコメントし、さらに読み進んだ。

一八六六年生まれ、両親は不詳。母親はオーストリア人だったと見られ、ケニントン地区で出生届けが出されている。ドイツで教育を受けた模様だが、それを立証するものはない。


ジェリーが目をあげ、勢い込んで言った。

「チェリーニによれば、クラウザーはドイツで医学を学んだってことでしたよね」

W・Tはうなずいたが、両目は書類に向けられたままだった。

「一八九四年に」W・Tは読みあげた。「同人はいくらか裕福になって英国へもどり、その後しばらくは——おお!」

「どうしたんです?」とジェリー。

W・Tは興奮しきって笑い声をあげた。

「まあこれを聞け——しばらくはロンドン西部、フィアリング・パーク街の一軒家にグラントと名乗って居住……」

「ええっ! っていうことは、つまり——」

「例の推理はおまえが思っていたほど的外れじゃなかったわけさ。それで、えーと、その先は? ああ、これだ——脳の働きに関する調査の仕事と称し、しばしばパリを訪れている。

その後はこちらの知っていることばかりだ。ケント州ブランデスドンにイタリア人の秘書とともに居を構え——ああ、うん……うん。そんなところだ」

「これは何かな？」ジェリーは、残りの百語かそこらの記述を指さした。

「ああ、ただの参照事項だろう」W・Tは紙面の下へと目を走らせ、「いや、ちょっと待て。これは何だ？」と大声で読みあげはじめた。


クラウザーの資産の大半は、被後見人のジャック・グレイ——一九一四年にフランスで戦死、享年二十——から遺《のこ》されたもの。確認できるかぎりでは、グレイはその二年前にクラウザーの被後見人となり、一時はケント州ブランデスドンの屋敷に寄宿していた。グレイの死去にともない、その財産の所有権は自動的にクラウザーに移転した。


W・Tは書類を置いて息子を見やり、ゆっくりと言った。

「ついにやったぞ」

ジェリーは戸惑った顔をした。

「よくわからないけど……このジャック・グレイって何者だったのかな？」

W・Tは微笑んだ。

「それこそ、われわれが探り出さねばならんことさ。だがそういう青年が存在したという事実だけでも、ちょっとした収穫だ。あれは彼の金だったわけだからな」

「どの金が？」ジェリーはこのめまぐるしい展開に混乱しはじめていた。

「そりゃあ、もちろん、クリステンセン夫人が〝しかるべき受遺者〟となった金だよ」W・Tは勢い込んでいた。近ごろこの事件に悩まされっぱなしだった彼にとっては、謎の一部だけでも解明される見通しがついたことは大いにありがたかったのだ。

ジェリーは顔をしかめ、冷ややかに言った。

「あんなすてきな女性たちがあの殺しに何か関係したなんて、考える気にもなれません」

W・Tは肩をすくめた。

「ではクラウザーがクリステンセン夫人に遺した金にも、彼女たちが何か関係していたとは思えんのだろうな？」

「いや、それはまたべつの話で……」

「そうかね？」

「さあ、わからないけど……とにかく、むかつくことばかりだ」

ジェリーはベッドにすわり込み、つややかな髪をかきあげた。ややあって、ついに尋ねた。

「お父さんはこのグレイって男は何者だと思ってるんですか？　親戚か何かかな？」

W・Tはすぐには答えなかった。肘掛け椅子に腰をおろし、椅子の背にもたれて猛然と煙草をふかしている。やがてようやく――

「むろん、その可能性はある。そこは確かめんとな。だが当然ほかにもいろいろ考えられるぞ。何かの事情で、彼の残した遺言書をクラウザーが隠していたとか、彼が口にした遺志をクラウザーが握りつぶしていたとかな。グレイは――」

「もちろん」ジェリーは明るく言った。「クリステンセン夫人の兄弟だったのかもしれない」

W・Tはうなずいた。

「まあな。だが夫人の旧姓が今の妹の姓と同じだったとすると、それはなさそうだ。この青年はジャック・グレイという名で、ジャック・ベイリスではなかったんだぞ」

「彼は改姓したのかもしれません」ジェリーはいささかむきになっていた。

「たしかにな」W・Tはにこやかに言った。「だがそう決め込むのは考えものだぞ、ジェリー。世間ではじっさいに姓名を変える人間は意外と少ないものだ。それに、この青年についてはまだ何ひとつわかっていない。もう少し事実をつかまんことには、何を言っても憶測にすぎんのだ。ただし――結局のところ、たいした意味はないのかもしれんが――その報告書にはもうひとつ、なかなか興味深い点がある」

ジェリーはテーブルのそばへもどって報告書を見おろした。

「へえ。何ですか？」

W・Tは両目を閉じ、そこに書かれたとおりの文言を思い出そうとしながら、ゆっくりと答えた。

「たしか、ジャック・グレイはクラウザーの〝ブランデスドンの屋敷に寄宿〟していたと書かれてなかったか？」

「そのとおりです」とジェリー。「一時はケント州ブランデスドンの屋敷に寄宿……」

W・Tはうなずいた。

「やはりな。なのにこちらがクラウザーについて尋ねたとき、誰もその青年の話を出さなかったのは奇妙だと思わんか？　どう見たってあの女性たちは彼を憶えていたはずだ……二十歳の若さで、開戦の年にフランスで戦死したんだぞ？」

ジェリーは顔をしかめた。

「どうかな。ずいぶんまえの話だし——人は忘れるものでしょう」

「ああ、だがまともに尋ねられればべつだ」W・Tは主張した。「検死審問が開かれた日の朝、これまで誰かがクラウザーを訪ねてきたのを憶えているかとクリステンセン夫人に尋ねたら、彼女はクラウザーが〈砂丘邸〉に越してきて以来、一人も訪ねてきた者はいないはずだと主張した。彼女はなぜグレイを思い出さなかったんだ？」

ジェリーは答えず、しばらく無言でじっと自分の靴のつま先を見おろしていた。やがてW・Tはとつぜん話題を変え、

「ゲイルについては——」と切り出した。「例のフィアリング・パーク街の強盗事件の被害者グラントが、じつはクラウザーだったとは……まったく目を開かされた思いだね。あの件

に関するわたしの推理は、おおむね図星だったのだろう。詳しい経緯はわからんが、クラウザーという男はさぞかし、特異な精神構造の持ち主だったのだろうよ！」

「お父さんがそんなふうにあれこれ平然と話すのを聞いてると、寒気がしますよ」ジェリーは苛立《いらだ》たしげにぶちまけた。「次はどうするつもりです？　次はどの容疑者を追い詰めて、無理やり秘密を聞き出すのかな？」

「おやおや、おまえはこの一件がよほど癇《かん》にさわりはじめているようだ」W・Tはたしなめるように青い目を息子に向けた。「お互い少しでも役立ちたければ、私情をはさまず仕事を続けることだぞ。わたしがおまえなら、今夜は早めに寝床へ向かうね」

ジェリーの憤然たる返事をさえぎるように、コツコツとノックの音がしたかと思うと、ドアが開いてすがめの雑用係があらわれた。

「階下《した》においでの紳士が、旦那さんにお話がありやすそうで」雑用係は言った。

「ほう」W・Tはいくらか驚いたようだった。「何という名の紳士かな？」

雑用係は深々と息を吸い、やっとのことで答えた。

「ミ、ミ、ミ、ミ、ミースタ・クラリガルです」

「クラリー・ゲイルか！」W・Tはジェリーとすばやく視線を交わし、雑用係に目をもどした。「その紳士をここへ通してくれるか？」

ドアが閉まると、W・Tはふたたびジェリーに目を向けた。

「今夜はツキに恵まれとるぞ、ジェリー」

第十四章　ゲイル氏の名案

「どうも、旦那、お元気ですかい？」おぞましい青いスーツ姿のクラリー・ゲイルは、帽子を手に、ドアの内側で立ちどまった。あの妙に不快なネズミじみた顔に、いかにも嬉しげな笑みを浮かべて。

「お元気ですかい？」ゲイルはやけに親しげにくり返し、チャロナー父子《おやこ》がにこりともせずに無言で見つめていると、背後のドアを閉めて部屋の中へとそろそろ歩を進めた。彼は椅子のひとつのへりに腰をおろすと、股を広げて床から二インチほどのところで左右の踵《かかと》を合わせた。

その間も満面の笑みを浮かべたままで、弱さと卑しさの入り混じったその不快な青白い顔に、ジェリーはまたもや吐き気をもよおした。

W・Tは白い眉毛の下の明るい青い目に厳しい表情をたたえ、この訪問者に突き刺すような視線を向けている。

それでもクラリー・ゲイルは警部の少々冷ややかな対応に動じるふしもなく、にっと笑みを浮かべ続けていた。抜け目ない、淡い色の瞳に好奇心をちらつかせ、感心したように室内を見まわす。

「なかなか居心地のよさそうなとこですな」ゲイルはやおら言った。

W・Tがなおも黙っていると、小男の落ち着きのない目が窓へと向けられた。外の町の光が、そこからもかろうじて見えるようだった。

「じつにすてきなとこじゃないですか、ねえ?」ゲイルはわざとらしい、妙にくだけた口調で言った。「じつにすてきだ――コート・ダズールは」そこで盛大に鼻をすすった。

W・Tは煙草の灰を絨毯《じゅうたん》の上にはたき落とすと、どうにも高すぎる椅子の上の見苦しい小男に目をやった。そしてついに、

「それで」と切り出し、「これは何のゲームだ、ゲイル?」

「ガイムって……何のこってすか?」ゲイルの無邪気な表情は、どんな村の巡査でも疑いを抱きそうなほど嘘くさかった。

W・Tはわれ知らずかすかな笑みを浮かべ、

「このとつぜんの訪問は、どうした風の吹きまわしかね?」と重々しく言った。

ゲイルは居心地の悪い椅子の上で身をくねらせた。

「つまり、あたしはなぜやってきたのかってこってすか?」

「そのとおり」

ゲイルがまたもや鼻をすするのを見て、ジェリーは彼の口髭《くちひげ》がどれほどのび放題で湿っているかに気づいた――まるで荷馬車馬の髭さながらだ。

「あたしはなぜやってきたのかって？」ゲイルは心外そうにおどけた口調でくり返し、「なぜって――あんたはいい人だ、ほんとにね。そいつは異国で旧友を歓迎する理由になりやせんかね？」

ジェリーは苛立《いらだ》ちをつのらせていた。この男がどうにも鼻につき、部屋から放り出したくてならなかったのだ。だがW・Tはこの会見をいくらか楽しみはじめているようで、次に口を開いたときには両目をかすかにきらめかせていた。

「悪かったな、ゲイル。すぐには気づかなかったが――これはただの友好的な訪問というわけか」

「へえ、そのとおり」ゲイルの顔にふたたび笑みが浮かんだ。「ただの友好的な訪問ってやつですよ――誰でもするような」

「誰でもするような」W・Tが満足げにくり返し、室内はまたもや沈黙に包まれた。

ゲイルは何度か催促がましく咳払いをしたが、W・Tとジェリーがどちらも誘いに乗ってこないので、とうとう自分で会話を再開せざるをえなくなった。

「ここには仕事で？」ゲイルはことさら無頓着《むとんちゃく》に尋ねた。

「もちろん」W・Tは答え、またもや沈黙がただよった。

ゲイルの両足が前後にぶらぶら揺れはじめ、何かよい話題はないかと両目が虚《むな》しく室内をさまよった。

W・Tが救いの手を差しのべた。

「おまえさんも仕事かね、ゲイル？」

「あたしですかい？」小男はさっと警部に疑い深い目を向けたが、相手はいつもどおりの静かで優しげな顔をしていた。「ええーっと……」ゲイルはついに、それだけで答えが察せられるほど、のろのろ言葉を引きのばして言った。「ある意味じゃそうだし、ある意味じゃちがう、ってとこでしょう。ここにはおもに骨休めに来たんです——」

「ほう？」W・Tは無邪気な興味を示して言った。

ゲイルは警部をおぼつかなげに見つめた。

「ここんとこ身体の調子がよくなくて、かかりつけの医者に言われたんですよ——『あんたには南フランスの気候がぴったしだ』って」そこでまた、探るような目を向けたが、W・Tは無邪気そのものの顔をしていた。ゲイルは雄々しく、陽気に先を続けた。「それで——たまたまとつぜん、ダチ公の一人が小金を遺《のこ》してくれたんで、ここに来たってわけでして」

「健康のためにかね？」とW・T。

「おや、いけませんかい？」ゲイルは答えたものの、本人の耳にさえ、その話は眉唾《まゆつば》ものに聞こえたようだった。

「いけないものか」W・Tは愛想よく言った。「十年間もお務めすれば、誰でも健康をそこなうだろうさ」

「へ？」ゲイルはっと目をあげた。「いったい何が言いたいんです？」

W・Tのとぼけ顔は名人芸だった。

「何が言いたいかって？　べつに。わたしが何を言いたがらなきゃならんのだ？」

「知りません」ゲイルは椅子の中で落ち着きなく身体を動かした。「とにかく、ここじゃみんな仲間だ、そうでしょう？」

「そのようだな」

「どういう意味ですか、そのようだって。そりゃあ、みんな仲間でしょうが。あたしはたまたま旦那がここにいるのを知って、ちょっとご機嫌うかがいにきた――それだけのこってすよ、ねえ？」今やゲイルの表情は警戒心に満ち、油断ない、淡い色の目にも疑念がにじみ出ている。

「たしかにそれだけのことだ」W・Tは答え、何食わぬ顔で言い添えた。「こちらの知るかぎりでは」

「じゃあどうして十年間のお務めなんて言い出すんです？」ゲイルの耳には、その言葉はよほど不吉に響いたようだ。

「あれはたんなる言葉のあやさ」W・Tは無頓着に言った。「わたしはブランデスドンの

〈砂丘邸〉でのおまえさんの暮らしについて言ったんだ。あれはかなりきつかったんじゃないのかね？」

「地獄でしたよ」ゲイルはざっくばらんに言った。「ったく、あいつは――おつむがいかれてたにちがいねえ。死んだあと脳ミソを病院で調べてみりゃあよかったんだ。あいつといると、生きた心地がしませんでしたぜ」

「よくぞ耐え抜いたものだ」

さりげなく口にされたその言葉に、クラリー・ゲイルは危うく乗せられそうになった。小男は顔色を変え、何か言おうと口を開いたが、すんでのところで思いとどまり、それをごまかそうとオーバーに肩をすくめた。

「仕事にありつくのは容易なこっちゃないんです、旦那」にわかに殊勝ぶった哀れっぽい声になり、「とりわけこんな、ろくでもない前科者の場合はね」とゲイルはしおらしく言い添えた。

「ほう？」W・Tは一瞬、驚きをのぞかせた。

クラリー・ゲイルは高潔ぶってうなずいた。

「あたしは自分のことをありのままに話したんです」と、力を込めて言い、「だって、ここじゃみんな仲間ですからね。旦那はあたしがどんな男か知っている――あんたのまえで猫をかぶっても無駄でしょう」

「まあな」W・Tは礼儀正しくあいまいに答えた。

「じゃあ、それはいいとして」ゲイルは上機嫌で言った。「要はここで休暇をすごしてたら、古い顔なじみが……いわば……にっちもさっちもいかなくなってるようだったんで、ちょいと助けにいこうと思ったわけですよ」

この厚かましい言い草にあきれ返ったジェリーはあんぐり口を開いたが、W・Tの大らかで興味深げな表情は変わらなかった。

「それはありがたいことだが、ゲイル」W・Tは快活に言った。「どうしてわたしが――そっちの言葉を借りれば――〝にっちもさっちもいかなくなってる〟と思ったのかね？」

クラリー・ゲイルはにやりと笑って心得顔にウィンクした。

「強がっても無駄だよ、旦那。こっちは警察のことを知り尽くしてるんだ――あれやこれやの事情でね。それに、何をカリカリすることがあるんです？　人間、誰もが異国の町ですぐに迷わず歩けるわけじゃなし。あんたはちょっと運がなかった、それだけですよ。けど、たまたまあたしは、まさにそっちが必要としてる情報をあげられそうなんでね」

W・Tはまだ笑みを浮かべていたものの、青い瞳の奥にかすかな戸惑いの色をのぞかせていた。

「その年で刑事に鞍替《くらが》えしたのか、ゲイル？　この仕事は気に入ったかね？」

「けっこう向いてるみたいです」不快な小男は下卑《げび》た顔に悦に入った笑みを浮かべた。「で、旦那、そいつはあんたにはいくらの価値がありますかな？」

W・Tの顔に一瞬、そういうことかという表情がひらめいた。

「何にどんな価値があるかって？」彼は問いただした。

クラリー・ゲイルは首をふり、諭すように言った。

「正々堂々といきましょうや、旦那、正々堂々と。率直な話には率直に答えるものじゃないんですかい？」

「そうだな」とW・T。「しかし、まだそっちの言いたいことがわからんのだが――わたしに売りたいとかいうその情報は何なのかね？」

ゲイルは警戒心をあらわにした。

「あんたはそんな汚いまねをする人じゃなかったのにな。何をとぼけてるんです？　自分がこの二日間、目当ての相手を見つけられずにうろうろしてたことはわかってるでしょうが」

「ほう」ようやく話が読めてきたW・Tは言った。「で、おまえさんはどうしてわたしが――ええと――目当ての相手を見つけられんと思ったのかね？」

「だって、まだ一度も会ってないじゃないですか」

ゲイルが思わず答えると、W・Tは鋭く彼を見すえた。

「どうしてわたしが誰かと会いたがっているとわかるんだ？」

クラリー・ゲイルは呆気《あっけ》にとられた顔をした。

「それじゃ、何のつもりでこんなところへ来たんです？　あたしだって馬鹿じゃない、そっちの目当てはわかってるんだ。だからちょいと手を貸そうかと思った、それだけのこってすよ。たまたま、あっちの居場所を知ってるんでね」

「あっちとは――誰のことだね？」

ゲイルは高すぎる椅子の中で可能なかぎり身をそらし、両手をズボンのポケットに突っ込んで、うんざりしたポーズをとろうとした。

「そりゃあ、ちょっとばかしやりすぎってもんだ――ちょっとばかしね。誰のことかは百も承知でしょう」

W・Tはやおら脚を組んで腕組みした。

「なあ、ゲイル」とゆっくり切り出す。「おまえさんはここでわたしを見かけたとき、自分が追われてるのかもしれないとは考えてもみなかったのか？」

「あたしが？」ゲイルの表情は見るも哀れだった。口をあんぐり開き、イタチのような小さな目を恐怖に見開いている。「このあたしが？」とくり返し、「ご冗談でしょう、旦那……あたしがつけまわされるいわれはないはずだ。足を洗って十年になるんですよ」

W・Tが黙っていると、ゲイルはふたたび勢いづいた。

「アリバイだってちゃんとあったでしょうが」

「ああ、いかにも」W・Tは穏やかに言った。

「へえ、じゃあなぜそんなつまらん言いがかりを?」ゲイルは憤然としていた。「それより仕事にかかりやしょう。こっちは例の二人が泊まってるホテルや部屋番号をそっくり教えられるんですがね。いくら出してもらえます?」

W・Tはしばしためらったあと、

「その情報と引換えに百フラン札を二枚やろう」

「たったの二枚? そりゃないぜ。それしかもらえねえと思ったら、あたしはわざわざやってきませんでしたよ、旦那」

W・Tは肩をすくめて札入れを取り出し、さきほど言ったとおりの二枚の紙幣を抜き取った。

「取るもやめるもそちらしだいだ」

ゲイルはまだぶつくさ言いながら、立ちあがって金を受け取った。

「あんたが古い顔なじみでなきゃ、こうはいかんとこだけど、過去のあれやこれやに免じて……ほら、これです」

前科者は目にもとまらぬ早業《はやわざ》でポケットから薄汚れた封筒を取り出し、警部の鼻先につきつけた。W・Tはそれを受け取り、ちらりと見たあと、札入れにしまった。

ゲイルはじりじりドアへと進みはじめた。

「じゃあ、あたしはこれで。旦那と再会して、できるだけ力になれてよかったですよ。いつでもご用があれば、通りの先の〈メゾン・サッド〉って宿にいやすからね」

「ずいぶん長くそこにいるのか？」

「いや――ほんの一日かそこらです。ごきげんよう、旦那。ええと、そちらさんも」それだけ言うと、クラリー・ゲイルは小走りに姿を消した。

リノリウムの廊下を踏むブーツの音が遠ざかると、ジェリーは父親に目をやった。W・Tはまだじっと腕組みしたまま、一人かすかな笑みを浮かべている。

「それで？」ジェリーはついに言った。「とっくにわかってた情報に二百フランも出すなんて、どういうつもりなんですか？」

W・Tはゲイルに渡された封筒からメモを取り出し、声に出して読みあげた。

「ノーラ・ベイリスおよびグレース・クリステンセン。スイートルーム九号室。〈オテル・マニフィック〉」

「だから、それはもうわかってたことでしょう」ゲイルの厚かましさに心底、苛立っていたジェリーは言った。「少なくとも、ホテルは知ってましたよね。部屋番号までは必要ないわけだし」

W・Tは上の空でうなずいた。今では真剣そのものの顔になり、真っ青な両目は分厚いまぶたの下に隠れている。

「お父さんが何を狙ってたのか知りませんけど」ジェリーはいきりたって続けた。「どうしてあのにやけたちびの偽善者を通りに放り出させてくれなかったんです？」

「おやおやジェリー、おまえは何かべつの仕事に就くしかなさそうだ」W・Tは穏やかに言った。「おまえには刑事にふさわしい思考力がない。ゲイルはじつに興味深い情報を渡してよこしたんだぞ。二百フランぐらいでぶつくさ言うな」

「たしかにホテルの部屋番号を――」ジェリーは蔑《さげす》むように切り出した。

「そうとも」とW・T。「それに、ほかのもろもろのこともだ。いいからちょっと、ゲイルが話したことを思い出してみろ。おおかた無意識に口にしたのだろうが、こちらにとっては大いに興味深い事実ばかりだ」

「どういうことかわかりませんね」ジェリーはまだ苛立っていた。

W・Tは椅子の中で背筋をのばし、要点を指で数えあげながら列挙した。

「まず最初に」と余裕たっぷりに切り出し、「ゲイルがわれわれを監視していることがわかった。そして第二に、彼がクリステンセン夫人とノーラを監視している――おそらくは彼女たちを追ってここへ来たこともだ。そして第三に、彼があの二人と接触している――言葉を交わしてはいるが、彼女たちに雇われてはいないことがわかった」

「ちょっと待った」ジェリーはさえぎった。「どうしてそんなことがわかるんです？」

W・Tは重々しく彼を見つめた。

「こちらがまだクリステンセン夫人と会っとらんことや、彼女の部屋番号をゲイルが知っていたのは、あの姉妹とちょくちょく言葉を交わしているからだ。とはいえ、ゲイルが彼女たちに雇われているとは思えん。それでなければ、こちらにあんな情報を売りにきたりはせんはずだ。下手をすれば仕事を失うことになるのだからな。つまりゆすりの仕事だ。あいつは何か重要なことを知っとるんだよ」

「ゆすり？　ゲイルがクリステンセン夫人をゆすっているってことですか？」ジェリーはすばやく言った。必死に押し隠そうとしたにもかかわらず、内心の動揺が声にあらわれていた。「ありえませんよ、お父さん。だいいち、今のお父さんの主張は逆にも取れるじゃないですか。ゲイルがクリステンセン夫人をゆすっているのなら、こちらにあんな情報を売りにきたりはしないはずだ――お父さんがクリステンセン夫人をつかまえれば、彼は金を絞り取れなくなってしまうんですからね」

Ｗ・Ｔはうなずいた。

「たしかにな。だがそら、ゲイルはわたしがどのみちいずれはクリステンセン夫人を見つけるはずだと気づき……こちらがどこまで知っているのか知りたくなったのさ。それに、追われているのが自分でないことも確かめたかったのだろう。そしてふと、すべてがおじゃんになるまえに、少しでも取れるものは取ってやろうと思いついたにちがいない。ああいうタイプはよく知っているがね。まったく目先のことしか考えられんのだ。おおかたこちらに姿を見られたことを察して、なぜわたしがじっとしとるのか不安になったのだろうがね。やましいところのある人間はビクつくものなのさ」

「ゆすりか……」ジェリーはくり返した。これまで考えてもみなかったのだが、いかにもありそうなことに思えてぞっとしたのだ。「でもクリステンセン夫人がゲイルに金をゆすり取られているのなら、まず間違いなく彼女が――夫人が犯人で、ノーラは……ああ、何てことだ、お父さん！」

息子の青白い引きつった顔と苦痛に満ちた目を見やり、W・Tは表情をやわらげた。

「気の毒だが、ジェリー……それはどうにもできん」

しばし沈黙がただよったあと、W・Tはとつぜんふたたび目をあげた。

「なあジェリー、おまえがこの件にそこまで深い――個人的関心を抱いているとは気づかなかったよ。残念ながら、どうやらこれはろくでもない仕事になりそうだ。おまえが今すぐ手を引いて国へ帰りたければ、こちらはかまわんぞ」

ジェリーは目をあげ、奇妙に平板な声で尋ねた。

「お父さんはあくまでやり抜くつもりなんですね？」

W・Tは頭《こうべ》をたれた。

「もちろんだ。それしか考えられん――どんな結果につながろうとも。おまえは手を引くか？」

ジェリーはかぶりをふった。

「いや」と断固たる口調で、「最後まで見届けます。ひょっとしたら、彼女のために何かできるかもしれない」

W・Tは立ちあがった。

「いいだろう。ただし、言っておくが――どう見ても彼女の姉にたいそう不利な状況だし、クリステンセン夫人は神経質でヒステリックなタイプだ。何が起きても不思議はないぞ」

「ぼくは残ります――それならなおのこと。で、こちらはこれからどうするんです?」

「次の一手はわたしのものだ。明日の朝、クリステンセン夫人を訪ねるつもりだよ。これで間違いないと決めるまえに、いくつか知っておきたいことがある。とりわけ、ジャック・グレイとは正確には何者だったのか、ということだ」

第十五章　クリステンセン夫人の秘密

壮麗だがどこかみすぼらしくもある古風な国境の町で、狭い急な坂道を下ってゆくW・T・チャロナー警部の姿は、傍目《はため》にはとうてい、殺人事件を捜査中の刑事とは思えなかっただろう。

彼には常に悠然としていられる特技があった。今も非の打ちどころのない服装で、ものめずらしげに周囲の景色に眺め入っている。その端整な顔はすでに南国の強い陽射しでこんがりと焼け、漂白でもしたような銀髪の下で妙に黒々としていた。彼はのんびり、ぶらぶら歩を進めた。まだ早い時間で、小さな町は活気に満ちていた。地元の住人たちは、熱い陽射しのせいで重労働ができない真昼になるまえに、せっせと仕事を片づけてしまうのだ。

本格的な社交シーズンはまだはじまっていないとはいえ、石ころだらけの浜辺はすでに、華やかな装《よそお》いの海水浴客でにぎわっていた。入り江の温かい水は青々として——空よりも真っ青で——浅瀬に群がる小魚の影が路上からも見えるほど澄みきっている。どこもかしこも明るい陽射しと色彩と、人生の悦《よろこ》びに満ちていた。目を見張るようなドレス姿の女たちが、笑顔で連れの者たちとそぞろ歩いてゆく。そのかたわらでは、つややかな自動車と古めかしい小さな幌馬車が、鉄道の駅から一時間ごとに、この心はずむ海辺に新たな客を運んできていた。

W・Tは人ごみの中で、いくつか見覚えのある顔とすれ違っていた。ときには相手も彼に気づき、さっと鋭い目を向けてそそくさと足を速める。彼らは社交界に巣食う犯罪者たち——すりや詐欺師、おとり役の娘やいかさまトランプ師で、大陸の津々浦々からこの南の地へとやってくるのだ。そうした男女は海岸ぞいに、マントンからモンテカルロ、さらにはカンヌやニースへと、季節の移ろいとともに気の向くままに仕事場を移してゆく。中には、チャロナー警部がこの町にいることに少々うろたえた向きもあるだろう。W・Tはそれを思ってひそかに苦笑した。

おそらく本人は心の中ですら認めなかったろうが、W・Tは今朝の仕事に気乗りがしなかった。むしろ嫌気がさしていたと言ってもいい。どう見てもあの被害者は不快きわまりない異常者で、彼がこの世から消えたのは、周囲のみなにとって天恵のように思えたはずだ。犯人は誰であれ——それについては今や疑問の余地がないように思えたが——ジェリーの言うとおり、精神的な自衛のために彼を殺したのだ。じつに厄介な、気の滅入る状況だった。だが口が裂けてもそうは言えない。生来の落ち着きが大いに役立ち、W・Tは重々しい顔で、柔和な表情の下に決意を秘めて目当てのホテルへと歩を進めた。

〈オテル・マニフィック〉は入り江の周囲をめぐる通りの東端にあり、イタリア国境から五百ヤードと離れていなかった。海に面した巨大な平たい建物で、本館の左右に翼棟が張り出している。そうしてできた中庭には、亜熱帯植物が整然と植えられた幾何学式庭園があり、木の間の小鳥も瑞々《みずみず》しい青葉も望めない土地にしては、まずまず快い景観をなしていた。

その庭に入ると、彼女が見えた。

グレース・クリステンセンはあまり才走っていない、可憐で優雅なタイプの美人だ。彼女はホテルのポーチの外に植えられたバナナの葉陰に腰をおろしていたが、パリ製のドレスと帽子を身に着け、頭のうしろに緑色のパラソルをかかげたその姿は、めったなことでは女性の魅力に感化されないチャヤロナー警部の目にも、たいそう愛らしく若やいで見えた。

だがW・Tはそちらへ近づくにつれ、彼女の様子がどことなく、パリで最後に会ったときとは変わっていることに気づいた。子供じみた嬉々たるさまは影をひそめ、顔色も以前より青ざめている。ひざの上の紙にじっと向けられた両目の表情は見えないものの、ひざに乗せた手袋を神経質にいじくり、ときおり周囲にちらちら鋭い視線を向けている様子から、経験豊かな警部には、彼女がふたたび不安にとらわれているのが見て取れた。

W・Tはぶらぶら彼女に近づき、会釈した。

「クリステンセン夫人」

その声を聞くなり、相手は窒息しかけたようなか細い悲鳴をあげて彼を見あげた。血の気が失せた顔は蒼白で、怯えきったように両目を見開いている。

いささか驚かされる反応だった。クリステンセン夫人はパリでは名女優ばりの演技をしていただけで、今は完全に不意を討たれて狼狽《ろうばい》したのか……それともパリでは身の安全を疑わなかったが、今では罪を見破られたと信じる理由ができたのだろうか?

W・Tは彼女が少々哀れにもなっていた。彼の個人的意見——犯罪についての四十年間の経験にもとづく意見——では、おおかたの女性は自分なりの規準ではきわめて道徳的なのに、しばしば法的観念をまるで持ち合わせないのだ。それにしても、クリステンセン夫人を見ていると、よほど平静を失うような仕打ちをされないかぎり、エリック・クラウザー殺しのような罪は犯せそうにないような気がした。これほどはかなげな頼りない女性に、あんなことができたとは思えない。

「チャロナー警部さん？」声が痛ましいほど震えていた。「あなたがなぜここに？」

W・Tは穏やかに彼女を見つめ、イタリア領内へと続く山道を指さした。

「ご一緒にあそこを歩いてみませんか。ちょっとお話があるのです」

クリステンセン夫人は立ちあがり、しばしその場でためらった。その顔はいよいよ青ざめ、ほっそりした身体がわずかにふらついている。

「わたしは――とても歩けそうにありません」彼女はついに言った。「でもこのホテルの部屋には居間があって――ノーラは出かけていますから、邪魔される心配はないはずですわ」

W・Tは夫人のあとについて、広大な薄暗いホテルに入っていった。妙に〈ヴィクトリア&アルバート博物館〉を思い出させるホールを通り抜け、五分もしないうちに九号室のピンクと金色の飾りたてた居間で彼女の向かいに腰かけていた。

その五分のうちに、クリステンセン夫人は一気に老け込んだようだった。口元にも、大きく見開かれた藍色《あいいろ》の目の下にも、深々と皺《しわ》が刻まれている。W・Tはいよいよ自分の仕事に嫌気がさし、二人のあいだにしばし沈黙がただよった。

最初に口を開いたのは夫人のほうだった。

「それで？」と彼女は静かに言った。「つまりあの、なぜこちらへ？」どこか覚悟を決めたような凛然《りんぜん》たる声の響きに、W・Tは驚きながらも感嘆を覚えた。これまで何度かこの件で会ったさいには、彼女はこれほど落ち着いていなかった。

「あなたにお訊きしたいことがあるのです」W・Tは用心深く切り出した。「エリック・クラウザーに関して、少々知りたいことがありまして」

夫人は彼に不安げな目を向けた。

「わたしの知っていることはすべて、あの方が亡くなった日にお話ししました」

W・Tはかぶりをふった。

「奥さん、ここはお互い正直になりましょう。なにぶん厄介な状況で――」

「ああ、本当に！」胸の底からしぼり出されたような叫びに、W・Tは呆気《あっけ》にとられて彼女を見つめた。今の言葉も口調も、罪の意識を示すものとは思えなかった。たしかに恐怖はこもっていたが、罪を認めた感じではない。むしろ他人事のような響きだ。

「いえ――ごめんなさい。お話をさえぎったりして」クリステンセン夫人は続けた。「わたしにわかることなら何でもお話しします」

「包み隠さず？」そう言いながら鋭く彼女を見つめたW・Tの顔は、思いやりに満ちていた。

「間違いなく、それがあなたにできる最善のことでしょう。こちらはひとつでも多くの事実を知っていれば、より公正な判断を下せますからな」

クリステンセン夫人はうなずいた。

「何もかもお話しします」とくり返す姿は、いたいけな子供のようだった。

W・Tはすばやく思いめぐらした。相手を怯えさせたくはなかったし、今はまだ何もたしかな事実はつかんでいない。彼女がクラウザーを殺したのはあきらかだとしても、まだそれを立証できるわけではないのだ。

「何もかも……」夫人が静かにくり返す。

「いいでしょう。ではことの発端からはじめるとして――ジャック・グレイとは何者だったのですか？」

W・Tの口調はさりげなかったが、彼がこの名を世界中に聞こえるような大声でわめいても、これ以上驚くべき効果を与えることはできなかったろう。クリステンセン夫人はがばと椅子から立ちあがり、縮みあがって身を引いた。仮面のようにこわばった顔の中で、苦悶《くもん》をたたえた両目だけがわずかに生気を放っている。

「ああ、何てこと！　何てことなの……」彼女はささやき、とつぜん床にくずおれて泣き伏した。

W・Tは彼女を抱き起こし、なだめすかして窓辺の肘掛け椅子にすわらせた。どうにも不可解だった。夫人は今や落ち着きのかけらも失くし、ヒステリックに泣きじゃくっている。W・Tは彼女をしげしげと見た。自分が何か重要なこと――この事件全体の謎を解く鍵となりそうなことに触れたのは察しがついた。

「話してください」相手の泣き声が徐々に静まり、ついに低い嗚咽《おえつ》になると、W・Tはうながした。「さあ――今は真実を話すことだけ考えて」

「ああ、また――またなのね！」疲れきった悲痛な叫びが口をついて出た。「永遠に終わったはずだったのに……それをまた何度も、何度も蒸し返されなくてはならないの？　決して安らぎは得られないのかしら？」

Ｗ・Ｔは表情を引きしめ、困惑しきった目つきで身を乗り出した。

「すっかり説明してくださいませんか、クリステンセン夫人。さもないと、こちらはあなたがふと口にされた言葉から判断するしかなく、安易に間違った結論に達しかねません」

クリステンセン夫人は彼を見あげた。震えあがって恐怖に狂わんばかりの彼女の目には、いかにも英国人らしいチャロナー警部は、この恐るべき世界の中であくまで揺るがぬ存在と映ったようだった。

「チャロナーさん」彼女は言った。「あなたは――あなたがた刑事さんは――その気になれば、いろいろなことを秘密にしておけるんですわよね？　つまり、その――」と急いで先を続けた。「ずっと以前に起きたあることが、それほど……捜査中の事件とかかわりがなければ、すべてをおもてに出す必要はないのでしょう？　もしも捜査の役には立たず、周囲の人たち……若い人たちの人生を台なしにしそうなだけなら」

Ｗ・Ｔはじっと夫人を見つめ、彼女が渡してよこしたばらばらの糸くずを頭の中でせっせと撚《よ》り合わせた。と、不意に真相がひらめいた。

「クリステンセン夫人」彼は思わず言った。「あなたのお子さんの父親は——ご主人ではないのですね？　ジャック・グレイは……」

「わたしの恋人でした」ささやくように答えると、夫人はうなだれて両手で顔をおおった。

W・Tは無言で腰をおろした。刻一刻と事情があきらかになりはじめていた。

「なるほど」彼はついにそう言うと、今はこれ以上は立ち入らず、いずれ改めて話を聞きにこようと立ちあがった。

「行かないで」クリステンセン夫人はすばやく言い、涙に濡れた青ざめた顔ですがりつくように彼を見あげた。「そこまでご存じなら、すべてを明かすまであなたを行かせるわけにはいきません。どうしてもお話ししなければ——話させてください」

W・Tはふたたび腰をおろした。

「何でもお好きなように話してください」

「あの人たち——主人やほかのみんなにも、知らせなければなりませんの？」

「ご主人はご存じないのですね？」

クリステンセン夫人はかぶりをふった。

「はい——今になって知らせる必要がありまして？　とうとうすべてを明かさなければならないの？」

彼女がまたヒステリックになってきたので、W・Tはなだめるように言った。

「それを防ぐべく全力を尽くします。すべてを話してくだされば、きっとどうにかなるでしょう」

「約束してくださる?」

「約束します」

夫人はひたと彼の顔を見すえ、静かに切り出した。

「あれは過ちでしたけど、きっとご理解いただけるはずです。それにあのいやらしいクラウザーさえいなければ、誰にも知られることはなかったでしょう。もともと、ジャックとわたしは子供のころから仲良しで——家が近かったこともあり、大人になると恋に落ちたんです……」彼女はしばし言葉を切った。窓の外から熱気を含んだそよ風に乗って、華やかに着飾った人々の笑い声と香水の香りが流れ込んでくる。

「ジャックは学校を出た直後に父親を亡くしました」クリステンセン夫人は涙声になるまいと、虚《むな》しい努力をしながら先を続けた。「彼の父親のグレイ教授は変わり者で、心理学と脳の研究にのめり込み、クラウザーの業績を高く買っていました——クラウザーはすばらしく頭が切れましたから。そこで、息子の将来を託せるような知人がいなかったグレイ教授は、自分の死期が近いことを悟ると、クラウザーに同じ科学者として、息子の後見人になってくれないかと手紙を書いたのです。誰もが驚いたことにクラウザーは承知して、教授が亡くなると——ジャックの後見人になりました」

夫人がまたもや黙り込むと、W・Tは励ますようにうなずいた。

「クラウザーは端《はな》から二人の結婚に反対でした」陽射しのあふれる部屋に、夫人のか細い声がいとも悲しげに響いた。「まだまだ若く、夢中で愛し合っていたわたしたちには、どれほど辛く思えたか。けれど、どうすることもできませんでした。戦前は両親や後見人が、なぜか今より力を持つように思えましたから」

恨めしげに吐息をつく夫人をまえに、W・Tはいささか戸惑っていた――頭上に縛り首の縄がぶらさがっている今もまだ、そんな過去のことがそれほど現実感をもって悲しく思えるとは。彼女の頭の中では殺人事件など取るに足らない問題だと見える。

「そんなわけで、クラウザーはわたしたちを引き離しました」彼女はとつぜん話を再開した。「彼は奇妙な人でした、チャロナーさん。まるで……そうするのが楽しくてならない――どれほどわたしたちを傷つけているか承知の上で、喜んでしているかのようでした」

W・Tが理解を示してうなずくと、夫人はさらに続けた。

「わたしは悲嘆に暮れました。まるでこの世の終わりが来て、人生の悦びが残らず消えてしまったように……ふさぎ込んで家にこもり、何もかもどうでもよくなってしまったんです。そんなとき、ロジャーがあらわれ……求められて妻になりました。当時の彼は屈強で、とてもハンサムだった。それに、とても優しかったんです」

そこでまた声が途切れたが、W・Tにはこの哀れなエピソードの全貌が見えはじめていた。

「それは六年あまりまえのことですね?」彼は尋ねた。

クリステンセン夫人はうなずいた。

「七年近くまえになります。わたしたち夫婦はブランデスドンの〈白亜荘《ホワイトコテージ》〉に移り住みました。わたしはジャックのことはきれいさっぱり忘れようと決めていた——ロジャーのいい妻になりたかったんです。ロジャーは本当に優しくしてくれて……ところがその後、彼がわたしの居場所を見つけたんです」

「誰が? ジャック・グレイですか?」

彼女はかぶりをふった。

「いいえ。ジャックがそんなことをしたはずはありません。クラウザーですわ」

クリステンセン夫人の両目にただならぬ嫌悪の表情が浮かび、W・Tはまたもや、彼女がこれほどあっさり感情をあらわにすることに驚かされた。

「クラウザーが〈砂丘邸〉に来たのは、わたしたちがとなりに住んでいたからです」彼女は続けた。「そんなことを言うのはどうかしているとお思いでしょうけど、間違いありません。彼はそういう人間だった——ある面では驚くほど聡明なのに、ほかの面では驚くほど卑劣で残酷でした。とにかく彼はあそこに移り住み、ジャックを連れてきた。ちょうど戦争がはじまったころのことです」

室内が沈黙に包まれた。夫人の気持ちを多少なりとも察したW・Tが口をつぐんでいると、やがて彼女はため息をついて話しはじめた。

「ジャックとわたしは長いこと耐え抜きました。うしろ暗いことは何ひとつせずに。クラウザーはしじゅうわたしたちを監視して、あれこれロジャーにほのめかしたけれど、夫はわたしを信じてくれた――。それでわたしも彼を裏切らなかったのだと思います――あの日まで……」

彼女はしばし黙りこくったあと、万感のこもった低いささやき声で先を続けた――懸命に心を静めて泣くのをこらえているかのように、椅子の中で前後に身体を揺すりながら。

「あれはジャックと最後に会ったときのことです。ロジャーはその前日に連隊と戦地へ発ち、わたしはエスターと二人きりで家に残されていた。するととつぜん、ジャックが小道をやってくるのが見えて……彼は翌日フランスへ発つことになっていて、別れを告げに来たんです」

声を押し殺して泣きはじめたクリステンセン夫人をまえに、W・Tはいつしか同情を覚えはじめている自分をいましめた。

「何が起きたのかはお話しできません」彼女は不意に目をあげた。「とにかく彼を愛しているのがわかり、彼が行ってしまうことしか考えられなかった。わたしたちはお互いのもので――ほかの人たちのことはどうでもよかったんです」

ふたたび声が途切れたが、W・Tは夫人が話を再開する気になるまでそっとしておいた。

「翌朝」とついに彼女は言った。「ジャックは〈砂丘邸〉にもどり、戦地へ発つまえに、何が起きてもわたしの面倒をみることをクラウザーに誓わせました。自分がクラウザーに何を話しているのか、気づきもせずに。そうしてジャックは去り、わたしたちは二度と会うことはなかった……彼は上陸した三日後に撃たれて亡くなったんです」

W・Tの表情は思いやりに満ちていた。彼は人間味にあふれる男で、クリステンセン夫人の話は人間味にあふれる話だった。

「そのあとは？」と穏やかにうながす。

「そのあと……」夫人はろくに聞き取れないほど小さな声で言った。「じきにロジャーが帰還しました――あんな怪我を負って。本当に辛そうだった。それまではずっと誰より強く、乗馬やスポーツが大好きでしたから。生まれたばかりのおちびちゃんがいなければ、死んでしまったんじゃないかと思います。彼はあの子のことがとても自慢で――大喜びでした。だから……とても話せなかった。そうでしょう？　どうして話せて？」

W・Tはかぶりをふった。ややあって、

「奥さん」彼は尋ねた。「失礼ながら、あなたはご主人を心から慕っておられるのですな？」

「彼が大好きです」彼女は率直に答えた。「夫がどれほどすばらしい人か――どれほど辛抱強く、わたしに優しいか――あなたにはおわかりにならないでしょう。わたしも彼が負傷してもどったあと、初めてそれに気づいたんです。でもそれ以来、毎日が地獄のようだった……クラウザーは知っていたからです」

W・Tはやおら立ちあがり、部屋の反対側へと歩きはじめた。ようやくことの顚末《てんまつ》があきらかになった今、胸を揺さぶられずにはいられなかったのだ。

「クラウザーは知っていた」と、夫人の言葉をくり返し、「それをふりかざして、あなたを脅してきたのですね？」

「ええ、たえず！　おかげで昼も夜も、気の休まるときがなかったほどです。彼はいつもこちらが恐怖に狂わんばかりになるまで脅しつけ、それを見てほくそ笑んでいた。ああ、わたしはどれほど死んでしまいたかったことか！　でも死ぬのすら怖くてなりませんでした。あんな男に出生の秘密を知られていたら、可哀想なおちびちゃんはどうなるでしょう？　わたしが生きているかぎり、クラウザーはわたしを苦しめることで満足するはずでした」

W・Tはため息をつき、白髪頭をかきむしった。何ともひどい話だった。ジェリーが言っていたとおり、この手の異常さにはどんな犯罪よりも胸がむかつくものだ。

だがW・Tの見るところ、この話のいちばん悲惨な点は、それが当の語り手の首に縄を巻きつけようとしていること――彼女にクラウザー殺しの動機をじゅうぶんすぎるほど与えてしまうことだった。まさに陪審団が納得しそうな動機を。すべてがどうにもおぞましく、W・Tはさっさとロンドンのオフィスにもどりたくなった。ほかのどんな事件が待っていても、これよりはましだろう。

そんなわけで、クリステンセン夫人の次の言葉には少なからずぎょっとさせられた。「ああ」と彼女は無意識のうちに、心からの安堵《あんど》のにじむ声で言ったのだ。「彼が死んだことを知って、どんなに嬉しかったか」

「奥さん――」W・Tは切り出した。

「まあ、あなたにはおわかりにならないのよ」彼女はすばやく言った。「彼のせいで家じゅうの者たちが悪夢のような日々を送っていたんです。クラウザーはみなを怒り狂わせて――」

「むろん、エスターは知っていたのでしょうな？」W・Tは、はたとあの老女の態度を思い出して尋ねた。

「あら、ええ――もちろん」

「それにノーラさんも？」

妹の名前が挙がるや、夫人はそれとわかるほど身をこわばらせ、W・Tは不意にまた彼女がよそよそしく心を閉ざすのを感じた。

「いいえ」クリステンセン夫人は、ぎごちなく答えて口をつぐんだ。

W・Tは戸惑っていた。ほかにも何か秘密があるのだろうか？　それになぜ夫人は今では怯えきっていないのだろう？　彼女は警戒し――身がまえている。けれどもこちらが彼女の秘密を極力守ると保証してからは、おおむね平静になり、命の危険を感じているようには見えない。

「ひとつだけ、クラウザーの思惑どおりにならなかったことがあります」クリステンセン夫人の口元にちらりと笑みが浮かんだ。「ジャックが戦死したとき、彼はわたしに言ったんです——いずれはわたしにお金が渡るような遺言書を作ったが、それが検認されたあかつきには、わたしの貞節に疑惑の目が向けられるだろう、と。でも彼は遠回しに書きすぎた——誰もその意味に気づかなかったんです」

「〝しかるべき受遺者〟というあの言葉ですね？」

クリステンセン夫人はさっと警部に目を向けた。

「ええ、それです。どうしてご存じなの？」

W・Tは答えず、両目に悩ましげな色を浮かべた。

「クリステンセン夫人」とついに切り出す。「あなたはさきほどわたしを見て、なぜあんなに動揺されたのですか？」

夫人はおぼつかなげに首をふり、

「わたしは——動揺などしていません。お姿を見て驚いた——それだけですわ」

「そんなはずはありませんかな?」W・Tは穏やかに言った。「お互い、正々堂々とふるまうことにしたのではありませんかな? じっさい、あなたは率直でした——みごとに率直で、みごとに協力的だった。しかし今は何かを隠している。なぜわたしを見て怖気《おじけ》づかれたのでしょう？」

「ですから──ちょっと驚いただけです」

T・Wはため息をつき、べつの角度から攻めてみた。

「ところで」とさりげなく言いながら、相手の反応に注意深く目をこらす。「ひょっとして、クラリー・ゲイルにはお会いになりましたか？」

クリステンセン夫人は眉をつりあげた。

「そんなお名前は聞いたこともありません」

W・Tはぐっと両目を細め、

「彼はときにはウィリアム・ド・レイシーと名乗ります」

「まあ！」今度はみごとに的を射た。小柄な女性は椅子の中でさっと背筋をのばして全身の筋肉をこわばらせ、両目に恐怖をのぞかせた。

「いえ、会っていません」と答えた口調からも、彼女が芝居下手であることはあきらかだった。

W・Tは眉根を寄せた。

「あの男がマントンにいることはご存じでしたか？」

「いいえ」またもや、何の驚きもない──反抗的な決意しかうかがえない声だ。

W・Tは心底、戸惑っていた。彼女が演技のできない人間だとすれば、たしかにこのふるまいは罪人らしくない。どう見ても何かを隠し、不安がってはいるが、何かが欠けている。W・Tが〈罪人の恐怖〉と呼ぶものだ。

だがクラウザーを殺《や》ったのは彼女のはずだ、とW・Tは胸に言い聞かせた。今や形勢はだんぜんクリステンセン夫人に不利だった。彼女には動機も――機会もあったのだ。とはいえ、やはり……かりに彼女がクラウザーを撃ったのなら、なぜまたフランス窓から出ていって、チェリーニに例の告白書を盗む機会を与えたあと、ふたたび室内を走り抜けてみなに急を告げたりしたのだろう？

何もかも、複雑怪奇と言うしかない。W・Tはぎごちなく腰をおろしたままのクリステンセン夫人に目をやった。奇妙にも、愛らしい頭を昂然《こうぜん》とかかげながら、仔馬《こうま》のようにビクついた目をしている。

「どうか奥さん」W・Tは訴えた。「ご存じのことを包み隠さずお話し願えませんか？」

「そうしました――ほかに何を話せとおっしゃるの？」

「誰がクラウザーを撃ったのです？」

「知りません」またもや、何とも嘘の下手なことがまる出しの口調だ。では、彼女はやはり知っているのだ……。

「あなたですか？」W・Tはやおら尋ねた。

「わたし？　もちろんちがいます」恐怖も、驚きもない声だった。彼女はごく自然に、そんな質問をした警部をせせら笑った。

舞台では多くの名女優たちが意のままに、さまざまな感情を笑いであらわしてきた。だが役者であれずぶの素人であれ、やましい者が罪を告発されたときには、ごく自然にせせら笑ったりはできない。利口な者ならどんな場面でもそれらしい口調になれるかもしれないが、恐怖は笑い声に出てしまうのだ。

W・Tは彼女に驚嘆すると同時に戸惑わされていた。パズルはまだまだ解けそうにない。

「ではクリステンセン夫人」彼は穏やかに言った。「わたしに連絡なしにこの町を離れないよう、お願いしなければなりません。これはたんなる予防的な措置ですが……おわかりですね？」

「あら、それはもう」少しもわかっていないことがあきらかな口調だった。「それよりチャロナーさん――さっきのお約束――あの秘密のことは憶えていらっしゃるわよね？」

事件のことで頭がいっぱいだったW・Tは、ぼんやり彼女を見つめた。

「わたしのおちびちゃんのことですわ」クリステンセン夫人は途方に暮れたように言った。

「あなたは約束なさったはずよ」

「自分の口にしたことは守ります」W・Tは重々しく請け合った。

ほどなく夫人の部屋をあとにした彼は、階段をおりながら一人ぼやいた。

「いやはや、女というやつは……バランス感覚ってものがない。これっぽっちもだ。はてさて、どうしたものか……」

第十六章　ゆすり屋

クリステンセン夫人との会見を終えたW・Tが自分のホテルへもどりはじめたときには、すでに太陽が空高くあがり、人気《ひとけ》のない狭い通りには熱気が容赦なくふりそそいでいた。だが彼はその暑さを気にもとめずに、当惑しきって額に皺《しわ》を寄せたまま、まっすぐ前方を見すえてずんずん進み続けた。

もしもクラウザーが殺されたとき〈白亜荘《ホワイトコテージ》〉にいた人間のうち、動機も機会もあったのがクリステンセン夫人だけなら、今や彼女の犯行なのは疑うべくもなかっただろう。けれど、その条件に合うのは決して彼女一人ではない。この件を頭の中で見直すと、まったく驚くばかりだった。あの家のほとんど誰についても、逮捕するにじゅうぶんなほど強力な状況証拠があるのだ。にもかかわらず、いまだに確たる証拠はひとつもないときている。

W・Tが有罪を完全に確信するまでクリステンセン夫人を逮捕しないことにしたのは、彼なりのごくもっともな理由があってのことだった。チェリーニの件での翻意《ほんい》を国に報告するのは愉快ではなかったので、プライドにかけても同じ目には遭いたくなかったのだ。それに心の底のどこかに、彼女が殺人者だとは信じたくない気持ちがあった。もしもクリステンセン夫人が犯人なら、彼女の態度はW・Tのあらゆる持論に反していた――彼が生涯の経験をもとに築きあげた持論に。とはいえ、ほかの何より気になっていたのは、彼女が真犯人を知っているように――あるいは知っているつもりのように――見えたことだ。何とも厄介な状況だった。

W・Tはため息をつき、小声でぶつぶつ言った。

「いや――やはり、あれは演技にちがいない。クリステンセン夫人はこちらの目をそらそうとしただけで――やはり彼女が犯人なのだ。気の毒に、追い詰められての犯行なのだろうが、ほかに説明のしようがないからな。彼女がやったにちがいない。令状の発付を申請するしかなさそうだ」

そう肚《はら》を決めると、W・Tはさらに足を速めた。自分自身にもこのなりゆきにも決して満足はできなかったが、追い求めてきた真実から逃げても意味はない。

ようやくホテルに着いたときにもいっこうに気分は晴れず、彼は足早にラウンジを横切りながらジェリーを捜して周囲を見まわした。どこにも息子のいる気配はないので、上階《うえ》の部屋をのぞいてみようと階段をのぼりかけたとき、ラウンジの隅の窓辺に腰をおろして通りをのぞき見ている娘が目にとまった。W・Tは目をこらした。ノーラ・ベイリスだ。

彼が気づくと同時に彼女がふり向いた。互いに相手を認めると、ノーラはぱっと立ちあがって小走りに部屋を横切ってきた。

「ああ、チャロナーさん」彼に近づくや、ノーラはほっとしたように言った。「お会いできてよかった。ジェリーのことが心配で……」

「ジェリーのことが？　あいつはどこにいるのかな？」

「問題はまさにそこで——どこにいるかわからないんです。わたしがここへ来て、ド・レイシーとかいういやらしい男について話したら、ジェリーは何やら怒り狂って……『ぼくがもどるまでここで待っててください』と言うなり、通りへ飛び出していったんです。もう二時間もまえに」

W・Tは青い瞳にかすかな困惑の色を浮かべてノーラを見おろした。やがてため息をつき、疲れのにじむ声で言った。

「まあ腰をおろしましょう。それから、事情をすっかり話してください」

娘は熱心にうなずき、人気《ひとけ》のない隅の小さなテーブルをはさんで彼の向かいに腰をおろした。W・Tは正直言って驚き、いささか苛立《いらだ》っていた。新たな展開は一度にひとつでいい。

だがノーラはあきらかに話したくてうずうずしていた。ジェリーのことが心配でならないのだ。何と、ジェリーに首ったけだとみえる。W・Tはやれやれとばかりにかぶりをふった。これはただでさえ、じゅうぶんややこしい事件なのだ。

「ですから、ええと……」ノーラは切り出した。「わたしはちょっと気がかりなことがあって、それでジェリーに会いにきたんです」

「よりにもよってあいつに！」W・Tは苦々しげに考えながら、おもてむきはにこやかにうなずいた。だが一瞬後には、眉根を寄せていた。

「ジェリーに会いに？　あいつの居場所がどうしてわかったんです？」

娘はため息をつき、

「黙って耳をかたむけてくだされば、ぜんぶお話ししますから。ええと、ことの起こりはこんなふうでした。姉とわたしはこの町に来てからずっと、あのクラウザーの近侍《きんじ》とかいういやらしい男――ウィリアム・ド・レイシーに悩まされてきました。彼はわたしたちが着いたその日に訪ねてきて、姉と二人きりでの面会を求めたんです。さっさと追い払いたかったのに、グレースは会うと言い出して……それ以来、ド・レイシーはしじゅう訪ねてくるようになりました。こちらにはどうすることもできません。グレースはわたしがホテルの人たちに言って、彼を放り出させるのを許さないんです。何だか彼を恐れてるみたいで……」ノーラはおぼつかなげにW・Tを見た。「おかげで耐えがたい日々が続いて、グレースはいよいよヒステリックになるばかり。それで、どうにかすべきだと思ったんです」

「なるほど」W・Tは穏やかに言った。「しかし、それではわたしの質問の答えになっていないように思えるが。あなたはどこへ行けばジェリーが見つかるか、どうして知っていたのかな？」

「あら、ド・レイシーがわたしたち――というか、グレースに話したからですわ。なぜパリでお会いしたとき、あなたがたもこちらへいらっしゃる予定だと話してくださらなかったのか不思議でしたけど」

「ではゲイル、つまりド・レイシーがお姉様に、われわれのことを話したのですな？　彼がほかに何を話したか知っていますか？」

「いいえ、グレースは言おうとしないので」ノーラは顔をしかめた。「でもそのことで姉はひどく悩んでいるみたい。どんなことなのか、見当もつきませんけど……じつは、チャロナーさん」ノーラはためらい、顔を赤らめた。「ちょっとおかしな考えが浮かんで……何かわたしに関することじゃないかと思うんです」

「あなたに関する？」

「はい。ド・レイシーが最初に訪ねてきたときから、グレースはわたしに奇妙な態度を取るようになり、どこか――よそよそしく心を閉ざしてる感じなんです。何も話してくれず、一人で苛々《いらいら》と気を揉むばかり。しかもド・レイシーがしじゅうやってきて無礼なふるまいをするので、わたしはどうにか彼を追い払うべきだと考えたんです。でも自分で放り出すわけにはいかないし、外国人はみんなひどく変わっているから、ジェリーを頼るしかなくて……」

「ほう？」とW・T。

ノーラは彼を見つめ、

「それでここへ来ましたの」とあっさり答えた。「そしてジェリーに事情を話したら、彼はわたしにここで待つように叫ぶなり外へ飛び出していったんです」

W・Tは、さもありなんとばかりにうなずいた。

「あなたは今しがたわたしに話したとおりのことをジェリーに話したのかな？」

「はい」

「それで、あいつに何をするように頼んだんです？」

相手はその馬鹿げた質問にあきれ返って彼を見つめた。

「何も頼む必要はありませんでした。あの男にうるさくつきまとわれていることを話したら……」

「ジェリーは彼をぶちのめしにすっ飛んでいったわけですな？」W・Tはしかつめらしく言った。

「はい、たぶん」ノーラは負けじとしかつめらしく答えたあと、不意にまた心配そうな声になり、「でもまだもどらないんです」

W・Tはため息をついて立ちあがった。人生は骨の折れることばかりだ。

「わたしが様子を見にいってきましょう」

「そうしていただけます？　わたしもご一緒しましょうか？」

「いや、それはどうかな」W・Tはかぶりをふった。「あなたはここで待っていてください」それから、いくらか口調をやわらげ、「ジェリーのことならだいじょうぶ。あれでも戦地ではド・レイシーより手ごわい連中と渡り合ってきたはずだ。なに、長くはかかりませんよ」

W・Tは、気遣わしげな青い目でじっと見送る娘を残してその場をあとにした。

「あのバカ息子めが！」通りへ続く階段を駆けおりながら、彼は毒づいた。「まったくしょうもないやつだ——ただでさえ、ややこしい状況なのに。とはいえ、クリステンセン夫人とゲイルのあいだの秘密とやらは、かなり見え見えだ……あいつは夫人に不利な確たる証拠を握っとるのかもしれんぞ。まあ、じきにわかることだ……もうじきな」

W・Tはなおもぶつぶつ言いながら足早に通りを進み、やがてついに、〈メゾン・サッド〉なる小さなホテル兼カフェの少々うらぶれた戸口のまえで立ちどまった。

ごく平凡な小さな店で、とくに清潔でも広々としているわけでもないが、ドアの両側に窓があるそこそこ明るい建物だった。ふたつの窓の上には縞模様のキャンヴァス地の日除《ひよ》けが張り出し、その下の歩道に椅子とテーブルが並べられている。しかし、日中のこの時間には客は一人もいなかった。外はひどく暑いから、いっぱしの都会っ子たちは屋内にこもっているのだろう。

W・Tは日除けの下でしばし足をとめたあと、カフェの店内へ続く一段きりの階段をのぼった。

中に入ったときには誰も見当たらなかったが、しばらくすると、茶色い肌のむさ苦しいウエイター――堂々たる口髭《くちひげ》以外は注目すべき点はない――が注文を取りによろよろ進み出てきた。

W・Tはウィリアム・ド・レイシーに会いたいのだと言った。ゲイルはどこでもできるかぎり、本名を使わないはずだと踏んで。

はい、こちらにおいでです、ムッシュ。あの階段をあがると、左手にドアがありまして、三号室と表示が出ています。

W・Tは歩を進めた。階段は部屋のいちばん奥にあり、そのてっぺんまで来ると、カフェの店内では聞こえなかった音が聞こえてきた。何やらただならぬ音だった。甲高い遠吠えさながらの、妙にいかがわしいかすかなうなり声で、そこらの人間なら恐れをなしたことだろう。だがW・T・チャロナー警部はすぐさま、その正体に気づいた。誰かに喉をつかまれた男が、怒り狂って罵声《ばせい》をあげているのだ。

W・Tはまたぶつくさこぼしはじめたが、次の瞬間にはだっと少年のように廊下を突っ走り、三号室のドアを蹴破っていた。

彼が中に飛び込むと同時に哀れっぽい声はやみ、かわりに苦しげなあえぎが響き渡った。室内はひどい混乱状態だった。床の大半を占めているベッドはぐにゃりと折れまがり、頭部と足元のレールがくっついてテントのような形になっている。その下にはくしゃくしゃになったシーツと布団の塊があり、そこここに羽毛と血が飛び散っていた。

「ジェリー！」W・Tは鋭く言った。

「やあ、お父さんですか？」残骸の中から陽気な声が聞こえた。「このちび野郎がカミソリで切りつけてきたんで、とんだ騒ぎになっちゃって。やつの首をつかんだはいいが、こっちも出血がひどくて、このいまいましい鉄の檻《おり》から抜け出せないんです。ちょっと手を貸してもらえませんか？」

そちらへ進み出たW・Tは苦もなく鉄の屋根を押し開き、その下の二人を救い出した。ジェリーは頬骨にそって走る傷から流れ出た血にまみれながらも、意気軒昂《けんこう》でたいそう得意げだった。かたやクラリー・ゲイルのほうは、さほどご機嫌とは言いかねた。何よりもまず、ほとんど窒息しかけていた上に、恐怖に凍りついていたのだ。ふたたび息がつけるようになるや、彼は毒づきはじめた。

「黙れ！」ジェリーが食ってかかった。

たちまち罵詈《ばり》雑言《ぞうごん》を飲み込んだゲイルは、危うく喉を詰まらせそうになった。

W・Tは息子をまじまじと見た。

「いったい何のつもりだ？」

ジェリーは冷水にひたしたタオルで顔の出血をできるだけとめようとしながら、勢い込んで答えた。

「手に入れましたよ、とにもかくにも」

「何をだね？」

「そりゃあ、このちび野郎がクリステンセン夫人に売りつけようとしてたもの——まあ、古いラブレターってところかな。お父さんはノーラに言われてここに来たんでしょう？」

W・Tがうなずくと、ジェリーは嬉々として続けた。

「気の毒に、彼女は心配でいてもたってもいられずぼくのところへ来たんです。この卑劣なちび野郎が彼女のお姉さんの人生をめちゃくちゃにしそうだとか言って。例のゆすりのことだとぴんときましたよ」ジェリーは陽気に言い添えた。「それでここへ来てみたんです。ちび野郎は出かけてたから、帰りを待ちました。そしてやつがもどるや、ゆすりの件を問いただしたんです。するとやつはいきり立って、おまえは親父の欲しがってる手紙か何かを無料《ただ》でせしめにきたんだろうとぼくを非難した。もちろん、それですぐに察しがつきました。で、その〝手紙か何か〟を取りあげてやったら、あのちびの間抜けがとつぜんカミソリを手に襲いかかってきて、とうとうお父さんが目にしたようなことになったわけですよ」

「ほう」W・Tはそっけなく言った。「その手紙とやらはどこなんだ？」

ジェリーは上着の内ポケットから皺くちゃの紙切れを取り出し、W・Tに手渡した。それを見てゲイルが力ない怒声をあげて飛び出したが、ジェリーが黙って襟をつかんで引きずりもどすと、小男はぶつくさ毒づきながら部屋の隅にしゃがみ込んだ。

W・Tが折りたたまれた便箋をゆっくり開きはじめると、ジェリーは傷の手当てに注意をもどした。

その後の数分間は、ゲイルのぼやき声をのぞけば室内は静まり返っていた。やがてついにジェリーは首をめぐらし、

「それで……」と切り出したあと、はたと父親の表情に気づいて言った。「あれっ、どうしたんですか?」

W・Tは驚愕に顔を赤らめ、手にした便箋を凝視していた。いつにない険しさをたたえた真っ青な両目を細めて。

「おや、びっくりしたんじゃないでしょうな?」部屋の隅からゲイルが言った。思わぬ事態に、しばし怒りを忘れて興味津々になっている。「あたしはずっと知ってましたぜ――端《はな》からそんなこったろうと踏んでましたよ」

「ねえ、いったい何ごとですか?」ジェリーは顔にタオルを押し当てたまま、進み出た。だが父親の背後にまわって肩ごしに手紙を読もうとすると、W・Tはすばやくそれを折りたたんだ。ジェリーは彼をまじまじと見た。

「いったいどういうことですか?」

クラリー・ゲイルが声をあげて笑った。

「さあさあ、見せてやればいい――坊っちゃんは彼女に首ったけなんでしょう? いい教訓

になるってもんだ。これで他人の仕事には首を突っ込まなくなりますよ」

ジェリーはとつぜん両目に不安をのぞかせ、すばやくゲイルから父親へと視線をもどした。

「その手紙には何が書かれてたんですか?」

W・Tはため息をつき、それを無言で息子に手渡した。

開いた手紙に目を走らせるにつれて、ジェリーの顔色が変わった。

親愛なるミスタ・クラウザー
もうわたしにはかまわないでください。あなたを愛してはいません。好意すら抱いておらず、お心遣いに迷惑しているのです。このショールはお返しします——もちろん、いただくわけにはいきませんから。どうぞこれでもう終わりにしてください。あらゆる機会をとらえてわたしを口説《くど》こうとなさるあなたの絶えざる努力に、こちらは気が狂うほどうんざりしています。言っておきますが——それでも放っておいていただけないのなら、わたしは何か本当に向こう見ずなことをしてしまうでしょう。あなたは臆病なヴィクトリア時代の娘を相手にしているわけではないことにお気づきでないようですね。
ノーラ・ベイリス

日付は九月二日——事件の四日前だった。

「ああ、そんな！」ジェリーは弱々しくつぶやき、室内にひとつだけ置かれた松材の椅子に腰をおろした。

ゲイルがげらげら笑いはじめた。

「それこそあんたが大奮闘して手にしたものさ、坊や。さぞかしぎゃふんとなったろう、え？　あんたの大事な彼女は見かけとは大違いの――」

それ以上は続けられなかった。W・Tが息子をとめようと身を躍らせたが、手遅れだった。椅子から飛び出したジェリーに強烈なパンチを食らった小男は、一発で床に倒れてめそめそ脅し文句を並べはじめた。

ジェリーはふたたび腰をおろすと、手紙をぐっとつき出した。

「こんなの馬鹿げてますよ。つまり、何の証拠にもなりゃしない。彼女はこれがどんなふうに見えるか気づきもせずに、腹立ちまぎれに書いたにちがいありません」

W・Tはなだめるようにうなずいた。

「そうとも、たしかにな。だがこれはちょっと調べてみる必要があるぞ、ジェリー。ゲイルがこの手紙を使ってクリステンセン夫人をゆすっていたのなら、じつに興味深い問題が浮かびあがってくる。ここへ来てみろ、ゲイル」

元強盗が、ぶつくさぼやきながら立ちあがる。

「これが楽しい休暇ですかい？」苦々しげに訴えるゲイルの色あざやかなブルーのスーツは

ずたずたに裂け、顔はいつにもまして青ざめていた。細長い頭の上で、見苦しいふよふよの髪がおっ立っている。「これが楽しい休暇とはね。南フランスへ養生に来た哀れな男をこんなふうに扱うなんて。こっちはごくまともな行楽をしてただけなのに……ひとかどの紳士ともあろうものが、どこに行っても警察《サツ》にちょっかいを出されなきゃならんのですかい？」

「それはその紳士の平素の行状によるな」W・Tは快活に答えた。「いいから、まあすわれ——ベッドのそのあたりなら、まずまず安全そうだ。おまえさんに訊きたいことがあるんだよ」

「何も話す気はないですぜ」ゲイルはなかばふてくされた、挑むような口調になった。「そっちだって無理強《じ》いはできないはずだ。あたしに不利な証拠なんかないんだし、いざとなりゃこっちはその若造を暴行罪で訴えてやりますよ」

「わたしならそんなことはせずに、ゲイル、素直に答えるぞ」静かな口調の下にのぞく断固たる響きに、前科者ははっと目をあげた。

「どういう意味です？」ゲイルは用心深く尋ねた。

W・Tは彼をひたと見すえた。

「わたしがここへ来たのは、ゲイル、おまえさんも知ってのとおり、殺人事件の捜査のためだ。しかしだからといって、調査の過程で出くわしたほかのあらゆる犯罪に目をつぶるとはかぎらんぞ。ゆすりには厳しい処罰が科されるものだ」

「何の話かさっぱりわからねえんですがね」さっきと同じ、すねたような口調だ。

W・Tは両目を細めた。

「いや、ゲイル、おまえさんはしゃべるさ——ほかの誰より、自分自身のためにな。さあ、吐いてしまえ。この手紙について知っていることをそっくり話すんだ」

「おことわりだね、こわもての刑事さん。あんたには、あたしをこんなふうに尋問する権利はないはずですぜ。こっちは十年前に足を洗ったんだ。何ひとつ無理やり言わされる筋合いはないさ」

「その十年間のまともな暮らしでヤキがまわったと見えるな」W・Tは楽しげと言えなくもない口調で言った。「たしかにちょっとした奇跡だが、それしきでのぼせちゃいかんぞ。この手紙をどこで手に入れた？」

「見つけたんですよ」

「どこで？」

「ねえ旦那、あたしは何も——」

「どこでだ？」

有無を言わせぬW・Tの口調に、ゲイルはたちまち軟化した。

「クラウザーのデスクの中にあるのを見つけたんです」

「彼の死後にか？」

「そうですよ」

「で、おまえさんはその利用価値に気づき、クリステンセン夫人とミス・ベイリスをここまで追ってきてゆすったんだな？」

「まあまあ、旦那――そうあせらんで。他人のことを勝手に決めつけんでください」小男はいくらか立ちなおって言った。

W・Tは肩をすくめた。

「ここは正直に話したほうがいいぞ、ゲイル――そうすれば大いに時間の節約になる」そう意味ありげに言ったあと、「おまえさんがマントンまでクリステンセン夫人とノーラを追ってきたのは、要するにこの手紙が金になりそうだと踏んだからさ。さっさと認めるんだな」

「まあね」ゲイルはついに答えた。「そりゃ、あの奥さんが欲しがるかもしれないとは思いましたよ――弁護士どもがいろいろ整理しはじめたとき、そんなもんがそこらにあっちゃまずいでしょうが、え？」

W・Tは蔑《さげす》むような笑みを浮かべた。

「それでここまではるばる、この手紙を返しにきてやったとは――ご親切なことだな、ゲイル」

小男は不安げにもぞもぞ身体を動かした。

「たしかに、あの奥さんがそのことであたしに損はさせないはずだってことはわかってましたがね」ゲイルはぶつぶつ言った。

「そうだろうとも」とW・T。「それでここ数日はしげしげ、おまえさんの出費について話し合うために彼女を訪ねていたんだな?」

クラリー・ゲイルはうなずいた。

「まあね……そんなとこです」

「だが、見方によってはちがうぞ」W・Tはぴしゃりと言った。「そうして何度も彼女に会っておきながら、この手紙をどうするつもりだったんだ?」

「やだな、旦那——」ゲイルは傷ついた顔をした。「うまいこと話がまとまるまで、手紙を渡せるわけはないでしょうが」

W・Tは鼻を鳴らした。

「言葉を換えれば、おまえさんは彼女をゆすっていたのさ。それだけで今は十年の刑だぞ、ゲイル」

「そんな! 勘弁してくださいよ!」常習犯はまた泣き言を並べはじめた。「あたしは十年前に足を洗って、それ以来——」

「その十年云々をもういちどでも聞かされたら、それまで怪しく思えてきそうだぞ、ゲイル。例のフィアリング・パーク街のミセス・ファイルの件を憶えとるかね?」

「よしてください!」

もともと決して快い眺めではないゲイルの顔が、瞬時におぞましい変化をとげた。常に青白い皮膚が今では緑がかった色になり、縁の赤い小さな両目は飛び出さんばかりだ。

W・Tはそっけなく笑った。

「まあ、それは追及しないでおこう。ずいぶんまえの話だし、過去のことは葬り去るのも悪くない。お互い余計な波風は立てたくないからな、どうだ、ゲイル?」

相手の干からびた唇がククッと奇妙な音をたてて動いた。

「ここじゃみんな仲間同士です」ゲイルはしゃがれ声でもぐもぐ言った。すねた口調は影をひそめ、すっかり卑屈な態度になっている。

「では、と」W・Tはすかさず言った。「クリステンセン夫人はこれまでにいくら支払った?」

「三百ばかし」

「三百ポンド! 手紙を渡されもしないうちにか。いやはや、ゲイル、いったいどんな手を使ったんだ?」驚きのあまり、つかのまいつもの冷静さを忘れてW・Tは叫んだ。

ゲイルはしばしためらったものの、さきほど警部に落とされた爆弾のショックにまだ震えあがっていた。

「ええと――そら」彼はかすれ声で答えた。「あの奥さんは妹がやったと考えたんですよ」

「何だって?」

ゲイルの小さな丸い目がちらりと動き、ジェリーに意地の悪い視線を投げた。

「それはあたしも同じだけどね。あの娘はクラウザーがやってくる直前に家にもどったそうじゃないですか。すぐに二階へあがったと言ってるが、誰がそれを見たんです？　彼女の姉さんは、すぐにそれに気づいたんですよ」

「おまえさんが指摘してやるとすぐにだな？」

ゲイルはうなずいた。

「あたしもそのことにちょっとは触れたかもしれません。いわば、話をまとめるために」

「そんな馬鹿な！」ジェリーが背後から口をはさんだ。「そいつもクリステンセン夫人もどうかしてるんですよ」

「愛は盲目」ゲイルは言うなり、ひょいと身をかがめた。

W・Tは息子を椅子の中へ押しもどし、

「殴っても何の役にも立たんぞ」とささやいた。「それよりこいつに話させんとな。これは驚くべき展開だ。それじゃ、つまり――」W・Tはゲイルに向きなおり、ゆっくりと続けた。

「クリステンセン夫人はミス・ノーラ・ベイリスがクラウザーを殺したと本気で信じているんだな？」

ゲイルはうなずいた。

「当然でしょう。だからそんなに気前よく金を出したんですよ――何も渡さなくても。ちょろいもんだ」

W・Tは顔をしかめた。彼の推理は目のまえで粉々に打ち砕かれたのだ。

「その最初の話し合いのとき」W・Tは言った。「クリステンセン夫人は驚いていたか？ことの展開にショックを受けていたかね？」

「腰を抜かさんばかりでしたよ。その手紙を目にするや……ひゃーっ！　ほとんど気の毒になっちまったね。もちろん、手紙を見せるまえにきっちり不安をあおっときましたから」ゲイルはいくらか誇らしげに言い添えた。「こちらが何を狙ってるのか疑心暗鬼にさせといて、とつぜん手紙の写しを鼻先につき出し――あんたがこの町に来てることを話したんですよ、旦那。このままだと彼女の妹がどうなるかをね。ほんとに、その後は子羊みたいに素直に金を払ってくれました。あたしがちょいと近づくだけで、金を投げつけんばかりにして」

W・Tは細長い指で白い髪をかきあげた。

「だがなぜ――」ややあって、彼は尋ねた。「おまえさんはなぜ、妹のほうじゃなくクリステンセン夫人に近づいたんだ？　どう見ても、この手紙にいちばん興味を持ちそうなのはミス・ベイリスだろう」

「おや、旦那、あたしはアホじゃないですぜ！」ゲイルは警部に非難がましい目を向けた。「金を持ってるのはクリステンセン夫人のほうだ。興味があっても金がなきゃ、こっちの役には立ちません。それに、本当にあの妹がやったのかわからなかった――そうだろうとは思ったけど、確信はなかったんです。あの娘はまんいち身に覚えがなけりゃ、あたしをさっさと追い返すタイプだ。だから姉貴のほう――ちょっぴり気弱で、おつむもあんまりよくないほうにしたんです。そして『この件は妹さんには話さんように』と言ってやりました。『ちらりとでも漏らせば、彼女は震えあがって罪を告白しかねませんぞ』とね。そしたら、クリステンセン夫人は黙ってると約束しましたよ」

W・Tは両目にかすかな驚嘆の色を浮かべてゲイルを見つめた。

「たいした古狸《ふるだぬき》だな、え、ゲイル？　みごとに心のねじ曲がった人間らしく、ときたまひょっこり天才的なアイデアがひらめくようだ」

ゲイルは無言だった。今の言葉が非難なのか称賛なのか決めかねて、あまり深入りしたくなかったようだ。

W・Tはジェリーに目を向けた。

「おまえは一足先にホテルへもどって身づくろいをしなさい。できれば、ノーラに見られんようにな。わたしもすぐにもどるよ」

ジェリーは立ちあがった。失血のせいでひどく青ざめ、カミソリの傷が痛んでいた。

「了解です」と言ったあと、彼は不意に続けた。「でもあの、お父さん、その手紙はただのでたらめですからね。つまり、そんなもの何の意味もないことぐらいわかってますよね？」

「もちろんだとも」W・Tはきっぱりと言い、息子を送り出してドアを閉めると、ため息をついた。

「まあ、そうかもしれんな」彼はぶつぶつ言った。「そのとおりなのかもしれん――わからんぞ」そのあと、両目に鋭い光がもどり、W・Tはふたたびクラリー・ゲイルに向きなおった。

小男は不安げにそわそわ身体を動かしている。

「で、あたしに何を訊きたいんです?」ゲイルは語気を強めた。「どうしてあいつを追っ払ったんですか? ついさっき、過去のことは忘れようとか言ったのに――」

W・Tはうなずいた。

「たしかに言った。そうするつもりだよ」

「本気ですかい?」

「そうだ」

「けど、それじゃ――何を話そうっていうんです?」ゲイルの声はまだ不安げだった。

W・Tはしばしためらったあと、

「参考までに訊かせてもらうが」と前置きし、「クラウザー、別名グラントは、おまえさんが料理人のミセス・ファイルを――ええと――殴るところを見たのかね?」

ゲイルはうなずいた。

「まあね」とそっけなく答え、不意に続けた。「事故だったんですよ。あの女が今にも金切り声をあげそうになったんで、ひっぱたいてやったんです。ただの事故だったのに――やつが見ていた。騒ぎを聞きつけてそっと階段をおり――ネズミを見守る猫みたいに目をこらして」ゲイルは乾いた唇をなめた。「なのに、あいつは誰にもしゃべらなかった。ああ！　おかげでどんな思いをしたか！　あいつは誰にも一言もしゃべらず、五年後にあたしが出所するのを待ちかまえてたんです。それからあいつが死んだあの日まで、こっちはいっときも気が休まらなかった。ったく、あいつはまともじゃありませんでしたよ。ぜったいに！」

W・Tはうなずき、

「ありがとう」と言った。

ゲイルは彼をまじまじと見た。

「あんたはいい人だ、旦那」小さな赤らんだ目に、ちらりと敬意をのぞかせて言い、「これでもうそっちの好奇心は満たしてやったわけだから、そのお返しをもらえますかい？」

W・Tはにやりとした。

「いいとも。何を知りたいのかね、ゲイル？」

相手は気取って小さな頭をかしげ、やおら尋ねた。

「誰なんです？　誰があのろくでもない異常者のクラウザーを殺《や》ったんですか？　誰が始末したんです？」

W・Tは短く笑ったが、その声にはユーモアのかけらもなかった。

「なあゲイル」彼はついに言った。「この情報をもとにおまえさんが誰かをゆする心配はなかろうし、そっちは正直に話してくれたから、こちらもそうするが――さっぱり見当がつかんのだよ」

第十七章　きみはどこにいたんだ？

ホテルへともどりはじめたW・Tは、両手を背中のうしろで組み、視線をじっと舗道に落としたままだった。さきほどゲイルに話したことは掛け値なしの事実だ――誰がクラウザーを殺したのか、皆目わからなかった。

ほんの半時間前なら、残念ながら発砲したのはクリステンセン夫人だと断言していたことだろう。けれど今では、とうてい無視はできないゲイルの思わぬ証言で、事情がすっかり変わっていた。

あの常習犯の話がすべて作り事だと――まずありえないことだが――仮定してみても、当のクリステンセン夫人が口にしたいくつかの言葉から、彼女が自分以外の誰かをかばおうとしていたことはあきらかだった。あのときは気づかなかったが、今にしてみればそうとしか思えない。

ゆえに、すべてを考え合わせると、今回の新たな証言でクリステンセン夫人の容疑は打ち消されたも同然ということになる。

そして残るは――ノーラだ。

ゲイルが言っていたとおり、ノーラはひ弱なタイプではなく、意気軒昂《けんこう》な娘だ。これは大義のためだと納得すれば、あんな殺しもやってのけたかもしれない。この世から怪物を消し去るためだとか屁理屈をつけて、とW・Tは陰気に考えた。

現にあの手紙がある。W・Tはもういちど目を通してみた。たしかに目下の状況では危険なちょっとした証拠書類で、読めば読むほど、改めてゲイルの話がもっともらしく思えてきた。こんな手紙を握っていれば、あの悪党が姉の不安につけ込むのはわけもなかったことだろう。

W・Tはため息をついた。とにかく、すぐにもノーラと話さなければ。この新たな展開で状況は少しもましになったわけではないが、彼はこれまで何にでもひるまず立ち向かってきた。ついぞ個人的感情で判断をゆがめたことはない。そんなわけで、どうにかよい結果になることを祈りつつ、W・Tは頑として歩を進めた。

だがホテルのラウンジに着くと、ノーラは消え失せていた。周囲の何人かに尋ねてみたが、誰も彼女が立ち去るのに気づかなかったようなので、とりあえず上階《うえ》へあがってジェリーの様子を見にいった。息子の部屋のドアを開くと、真っ先に目に映ったのはノーラの姿だった

——袖をひじまでまくりあげ、優美なドレスの上にタオルを縛りつけている。

彼女はW・Tに向かって警告するように人差し指をあげた。

「しーっ！　お医者様を呼ばせたところです。何針か縫うようだけど、見かけほどひどくはありません」

見ると、顎鬚《あごひげ》を生やしたワイシャツ姿のフランス人医師が、窓辺の寝椅子に横たわったジェリーの上にかがみ込んでいる。

W・Tはおとなしく部屋の隅に腰をおろして待った。ノーラと医師がてきぱき作業を進めるのをまえに、己《おのれ》の若き日をかえりみて、おおかたジェリーはこの状況を楽しんでいるのだろうと考えながら。

W・Tはため息をついた。皮肉なことのなりゆきに苛立《いらだ》ちがこみあげた。これは単純きわまる、起こるべくして起こった事件のはずなのに、何ともややこしくてすっきりしない。そのうえ、このジェリーとノーラのロマンスだ。W・Tはときおり頭が破裂しそうな気がした。だが、当面はじっとすわって見守るしかなさそうだった。今はノーラにとってはジェリーの傷の手当てが何より重要なようだし、あきらかに彼女がこの場の主導権を握っている。ここは辛抱強く待つしかない。

やがてついに医師が針と絹糸を小さなケースにしまい、両手を洗って上着を着ると、にこやかに一礼して立ち去った。ノーラがメイドの手を借りて室内を片づけはじめると、ジェリーはやおら上体を起こし、傷があまり痛まない範囲でにやりと笑みを浮かべた。

「裏口からこっそり入ろうとしたけど、彼女に窓から見られちゃってね、お父さん」ジェリーはどこか満足げな口調で言った。「それで逃げ出せなかったんですよ」

ノーラは顔を赤らめた。

「まあ、わたしがいなければあなたはどうなってたかしら？　そんな切り傷は包帯を巻いて最善を祈るだけじゃだめ――すぐに縫わないと永遠に跡が残るわ。だから――」ノーラは警部をふり向いて続けた。「彼の言うことには耳を貸さずに、わたしが独断で医者を呼ばせたんです」

W・Tはにっこりしたが、両目の表情はぎごちなかった。ポケットの中の小さな皺《しわ》くちゃの手紙が気になっていたのだ。

「ミス・ベイリス」彼は切り出した。「あなたに訊きたいことがあるのだが……」

「何でしょう？」礼儀正しい反応としか思えない口調だ。

W・Tは彼女をしげしげと見た。ノーラは青い瞳を興味深げに見開き、微笑みながら彼を見あげている。顔一面に、あふれんばかりの若さと陽気さをたたえて。

しかし、ジェリーのほうはそれほど無頓着《むとんちゃく》ではいられなかった。椅子から身を乗り出し、大あわてで言った。

「ねえ、お父さん、あの手紙のことを持ち出すつもりじゃないでしょうね？　あんな話はまったく馬鹿げてるのがわからないんですか？　つまり——」

「それでも一応、すべてを確かめなければならんのだ」Ｗ・Ｔは穏やかにさえぎり、「あれが何の意味もないものでも、めずらしいことじゃないだろうがね」とそっけなく言い添えた。

「頼むから、やめてください！」ジェリーは弱々しく訴えた。「だめだ——とにかく、あの手紙は……」

「ジェリー、そんなに話すと縫い目が開いてしまうわよ」ノーラが微笑みながら口をはさみ、ふたたびＷ・Ｔに目を向けた。「どういうことですの、手紙って。何かわたしにお話しできることでも？」

その屈託のない口調と自然な笑顔をまえに、Ｗ・Ｔはもともと本気ではなかった疑念が薄れてゆくのを感じた。

彼はポケットから例の手紙を取り出してノーラに渡した。

ノーラはそれを受け取ると、最初は自分の筆跡を見て驚いたようだった。だが紙面に目を走らせるにつれて頬が赤らみ、手がぶるぶると震えはじめた。

「それはあなたが書いたものかな？」Ｗ・Ｔの声は優しかったが、その質問は逃げを許さぬ単刀直入なものだった。

ノーラはとつぜん、平静を失ってしまったようだった。顔を真っ赤にして口ごもっている。

「いいえ——はい——あの、何て言えばいいのか」

「そんなの無茶だ、お父さん！」ジェリーが猛然と口をはさんだが、W・Tは彼を黙らせ、立ちあがって娘のために椅子を引き寄せた。

「まあすわって」と穏やかに言い、「それからわたしの質問に答えてもらおう。とても重要なことなのでね」

ノーラがありがたそうに椅子にすわると、W・Tはその向かいに腰をおろした。ジェリーは窓辺の椅子から身を乗り出し、怒りと懸念をあらわにして包帯の隙間から目をこらした。

「それはあなたが書いたものかな？」W・Tは手紙を指さしながら、もういちど尋ねた。

ノーラはうなずいた。

「はい」どこか反抗的な口調だ。

W・Tは顔をしかめ、ややあって――

「なぜそんな手紙を書いたのかね？」

「それより、なぜこんなふうにわたしを質問攻めになさるの？　よもやわたしが……？」興奮のあまり声が震えはじめたかと思うと、ノーラは完全に取り乱し、苦しげに息をしながら呆然と彼を見つめた。顔が赤くなったり青くなったりしている。

「気の毒だが、聞かせてもらうしかない」W・Tは彼らしくもない厳しい口調で言った。「その手紙のためにお姉さんがゲイルに――つまりド・レイシーに――三百ポンドも支払ったのを知っているかね？」

「グレースが三百ポンドも支払った？」ノーラは肝《きも》をつぶしておうむ返しに言った。「わたしの手紙のせいで三百ポンドも？　なぜかしら？」

「なぜなら」W・Tはゆっくりと言った。「彼にほのめかされて、お姉さんは信じたからだ――エリック・クラウザーの謎めいた死とその手紙には、何か関連があるんじゃないかとね」

「お父さん！」ジェリーが警告するように叫んだが、W・Tはそちらを見ようともしなかった。両目をひたと娘の顔に向け、かすかな震えか恐怖のきざし、驚きの色はないかと探り続けていたのだ。

何ひとつない。ノーラは重々しく彼を見つめた。

「チャロナーさん」彼女はついに言った。「あなたはきっと頭がどうかしているんだわ」

W・Tはいささか拍子抜けした。さきほど遠回しに疑念をほのめかすとノーラは震えあがったようだったのに、こちらがそれをはっきり口にしたとたんに彼女は冷静になり、ほっとしたようにすら見える。

W・Tは唯一の確たる事実である手紙に話をもどすことにした。

「それでも、これについては説明を求めるしかなさそうだ」と、人差し指でそっと手紙をたたき、相手の両目にまたもや子供っぽい反抗の色が浮かぶのを見て、「なにせ、ほら」と言い添えた。「決定的な手がかりを欠くこの手の謎めいた事件では、何ひとつおろそかにはで

「きんのでね」

ノーラはうなずいた。

「わかりました」と答え、耐えがたい試練にそなえるかのように身がまえた。

W・Tはとびきり優しげな態度になった。

「さて、では……この手紙にはクラウザーがあなたにしつこくつきまとい——無理やり言い寄っていたようなことが書かれているが。そのとおりだったのかな？」

娘はうなずき、

「はい」と、ようやく答えると、おずおずと哀願するような目差《まなざ》しをジェリーに向けた。

彼女の口が重い理由の一端を察したW・Tは、すばやく息子に目をやった。

「ジェリー、おまえはわたしの部屋へ行って横になっていなさい。ミス・ベイリスと二人で話したいんだ」

「ぼくはここにいます」ジェリーは今にも爆発しそうな口調で言った。

ノーラも懇願するように警部を見つめた。

「どうぞ彼をいさせてください」

W・Tは肩をすくめた。

「いいでしょう。ただし、この手紙とこれが書かれるに至った経緯について、話すべきことはすべて聞かせてもらいたい」

ノーラが承諾のしるしにうなずくと、W・Tは続けた。

「あの悲劇が起きた日に初めてあなたのお姉さんと話したとき、彼女はクラウザーにずっと悩まされていたと言っていた。それも事実だったのかな？」

ノーラはためらい、

「は……はい」とついに答えたものの、どこかおぼつかない口調だった。

「それはどういう意味かね？」とW・T。「彼女もクラウザーにつきまとわれていたのか――それともちがうのか」

ノーラはまだためらっている。やがてついに、

「姉も――つきまとわれてはいましたが、まったく同じようにではなかったんです」

W・Tは心得顔でうなずいた。

「つまりクラウザーは何か――お姉さんがどうしても秘密にしておきたかったことを知っていて、しじゅうそれをちらつかせていたんだな？」

娘は息を呑んだ。

「まあ――ご存じなの？」と、ささやくように言う。

W・Tは少々先走りすぎたことに気づき、すばやく話をもどした。

「あなたはそういう意味で言ったんじゃなかったのかね？ 彼は何かべつの魂胆《こんたん》――あなたに対するのとはちがう形でお姉さんを悩ませていたと。それはどういうことだったのか

な？」

ノーラはぎごちなく彼を見つめた。

「クラウザーはわたしのことで姉を悩ませていたんです。何とかわたしを説得させようとして」

W・Tは咳払いした。

「なるほど」と、そっけなく言い、「では……ええと……失礼ながら、ミス・ベイリス、クラウザーはあなたに――求婚したわけか」

娘は耳まで真っ赤になった。

「最初はちがいました」

「そのあとは？」

「はい」

「そしてあなたは拒んだ？」

「もちろんです」

「もちろん、か」とW・T。「当然だ。ところが、あちらは拒まれたあとも、まだしつこくつきまとってきたんだな？」

「それはもう」

「そこであなたはその手紙を書いた？」

ノーラはうなずいた。

「はい。彼がスペイン製の刺繍《ししゅう》入りのショールと一緒に……いやらしい手紙を送ってよこしたので。手紙は焼き捨て、ショールのほうはその手紙をつけて送り返しました。だからそれを書いたときは、すっかり頭にきていたんです」

「それはあの事件が起きる四日前のことだね？」

「はい」

「どうしてそれがわかるんだ？」Ｗ・Ｔはすかさず尋ねた。

ノーラは驚いたように彼を見つめ、あっさりと答えた。

「よく憶えているからですわ」

「悪いが、もう少し説明してもらわんと」Ｗ・Ｔはいさめるように言った。

娘はしばし黙りこくったあと、

「チャロナーさん」と切り出した。「あなたはついさっき、姉にはどうしても秘密にしておきたいことがあったのではないかとおっしゃいました」

「それで？」

「ですから……」ノーラは口ごもり、Ｗ・Ｔはとつぜん、相手が進退きわまっていることに気づいた。

「そうか」彼は静かに言った。「そのことなら、わたしはもうぜんぶ知っている――いっさい口外はしないつもりだ」

「じゃあ——ジョーンのことも?」

「ジョーンのことも」

ノーラはため息をついた。

「それなら事情はすっかりちがってきます。だって——もうあなたには話していいんですもの」

W・Tは片手で髪をかきあげ、うんざりしたように言った。

「ああ、まったく、あんたがた女性は……何が重要で何がそうでないか、いつになったら気づくんだ?」

ノーラの青い瞳が非難がましくきらめいた。

「でもそんな秘密をむやみに話せるわけはないでしょう?」

「いいかね、お嬢さん」W・Tはかつてないほど苛立っていた。「象はネズミとくらべれば大きいが、エトナ山とくらべれば話にならんほどちっぽけだ。その秘密は半年前には途方もなく恐ろしいものだったのだろうが、今やわれわれはもっと大きく、はるかに恐ろしい秘密に直面しとるんだぞ。殺人というのが何を意味するかわからんのかね?」

ノーラが肩をすくめるのを見て、W・Tは悟った——彼女はいかにも女らしく、彼の主張を理解はしたが納得はしていないのだ。

「ええ、わかります」ノーラは言った。「それでも今のほうがはるかに話しやすいわ。だって、何でも口にできるんですもの」

W・Tはため息をついた。

「では、と……手紙の件からはじめるとして。あなたはクラウザーに腹を立ててその手紙を書いた。彼は以前からあなたとお姉さんにしつこくつきまとい、お姉さんの秘密を知っているのをいいことに、彼女にあなたを説得させようとしていた」

「はい」とノーラ。「でもわたしは彼がその秘密を利用して姉に力をふるっていたとは知りませんでした。その時点では――ジョーンのことは知らなかったんです」

「あの子のことは知らなかった？」思わぬ返答だった。「じゃあいつそれを知ったのかね？」

「事件の前日に」

「誰から聞いて？」

「彼から」

「というと？」

「クラウザーです」

「クラウザーから聞いたって？」W・Tは眉をつりあげた。「どういうことか話してもらえるかな」

ノーラはうなずいた。

「けっこうですわ。こんなふうでした。その手紙を書いたあと、彼が訪ねてきたけれど、わたしは会おうとしなかった。すると彼はグレースに会い、その後、彼女はあきらかに悶々《もんもん》としていました。姉がなぜあの男のことを我慢しているのか、わたしは以前から不思議でなりませんでした。彼にしつこく口説《くど》かれているという姉の言葉を信じていたんです」

「だが本当はずっと、お姉さんはジョーンの父親の件で脅されていたんだな？」

「はい……ただし、こちらはその時点ではそれを知らなかったんです。翌日はずっとクラウザーは姿を見せませんでした。けれど三日目――事件の前日に、わたしは庭で待ち伏せしていた彼につかまり、無理やり話を聞かされました……」

ノーラはちらりとジェリーを見やったが、相手の顔に同情しか浮かんでいないのがわかると、先を続けた。

「最初はいつもどおりの口説き文句でした。でもこちらが耳を貸さずにいると、彼はとつぜんわたしの手首をぐいとつかんで、きみを降参させてやると言ったんです。そしてあの――グレースとジョーンの件を持ち出し、わたしが彼と結婚しなければロジャーに――それにほかのみんなにも、話してやると言ったんです……」

ノーラの若々しい声が途切れると、W・Tはうながした。

「あなたは何と言ったのかね？」

ノーラは彼をにらみつけ、

「大声で笑ってやりました。当然ですわ。そんな話は信じなかったんです」

「当然だろうな」とW・T。「で、クラウザーはあなたを納得させたのかね?」

「いいえ——まだ完全には。でも彼の主張はすごくもっともらしかったから、わたしは不安になりはじめました。彼は地元の新聞社のオフィスへ行って、一九一四年の十二月のファイルを調べてみろと言ったんです。ジャック・グレイの戦死を伝える記事を見つければ、彼が英国を発った日付がわかるし、写真も載っているから、ジョーンがどれほど彼にそっくりかわかるはずだって」

W・Tはノーラをひたと見つめた。

「それで翌日、あなたは行ってみたわけか」

ノーラはうなだれた。

「はい」と静かに答え、「クラウザーの言ったことは本当でした」

「ぼくと会ったのはその帰りだったんだね?」ジェリーが緊張のにじむ声で尋ねた。

「そうよ」ノーラは彼に微笑みかけた。「あなたにバスケットを玄関まで運ばせたくなかったのは、クラウザーに見られるのが心配だったからなの。じきに彼がやってくるのはわかっていたから」

「ほう——なぜかな?」W・Tがすかさず尋ねた。

娘は驚いたように彼に目を向けた。

「クラウザーはあの日、〈砂丘邸〉へ来るようグレースに手紙をよこしていたんです。よくあることでした――たんなる嫌がらせで、ロジャーを嫉妬させようとしてたんでしょうけど。グレースは無視するつもりだと言っていたから、きっと彼のほうがやってくる……クラウザーはわたしにも会いたくてうずうずしているはずだと思いました」

W・Tはノーラをまじまじと見た。こんな告白をしたらどうなるか、よもや気づいていないわけではなかろうな？

「ノーラ」彼は不意に尋ねた。「あなたは家の中に入ると何をしたのかね？　最初に考えたことは？」

ノーラは微笑んだ。

「踵《かかと》のまめのことですわ。それで、バス停から送ってくれたジェリーにとても感謝していたんです。わたしは片足でぴょんぴょん跳ねながらまっすぐ二階へあがり、靴とストッキングを脱いで――」

「銃声が聞こえたときには一人で部屋にいたのかね？」W・Tはゆっくりと尋ねた。「検死審問でも、そう話していたが」

ノーラはうなずいた。

「わかっています。あれは偽証罪とか法廷侮辱罪とかいった、恐ろしい罪になることだったんでしょう？」

「ええっ――ノーラ、いったい何の話だ?」ジェリーの声は驚愕にしゃがれていた。「きみはどこにいたんだ?」

「納戸よ」とノーラ。「エスターと話していた? なぜこのまえ検死審問でわたしが尋ねたとき、そう言わなかったのかね?」W・Tは問い詰めた。

ノーラは途方に暮れたように彼を見つめた。

「だってほら……わたしはジョーンの件を確かめたくて――エスターなら知っているはずだったから、すぐに尋ねにいったんです。銃声が聞こえたのは、ちょうど彼女が話しはじめたときだった。それで、検死審問が開かれそうだと気づくと、あれこれ追及されないように、二人ともその会話について忘れることにしたんです。わたしはずっと部屋にいたということにして」

W・Tはうなだれて両手で頭をかきむしった――ついには真っ白な髪がつんつん逆立ち、雪をかぶったハリエニシダの茂みさながらの姿になるまで。

「あなたはエスターと一緒だった」彼はその言葉を頭にたたき込もうとするかのように、ゆっくり何度もつぶやいた。「あなたはエスターと一緒だった……それじゃいったい全体、誰が――」そこではたと言葉を切り、すばやく目をあげた。「もちろん、それは確認しなければ」

ノーラはうなずいた。

「エスターを説得できれば、彼女も同じ話をするはずですわ」それだけ言うと、くるりとジェリーに向きなおった。「顔の具合はどう、ジェリー?」

W・Tはそのほっそりした背中をあきらめの境地で見守った。ノーラはもう殺人事件のことなど忘れ果てているようだ。

「まったく――」W・Tはぶつぶつ言った。「この世でいちばん狡猾《こうかつ》でふてぶてしいのは、罪を犯した女だ。しかし――天地でいちばん理屈のわからん、無鉄砲な困り者は罪なき女だ……。ともあれ、確認しなくては。デッドウッドに手紙を書くしかない」

第十八章　光　明

お問い合わせの件ですが、例のエスター・フィリップスなる女性との長時間にわたる面談の結果、貴兄のお手紙にあったベイリス嬢の話が確認されました。両者のあいだに共犯関係がなかったこともごく慎重に確かめましたので、銃声がした瞬間に二人が一緒にいたことは、もはや疑問の余地がありません。では衷心《ちゅうしん》より、ご成功を祈ります。

敬具

W・Tは大声で読みあげていた手紙を置き、ホテルの寝室の入り口に立ったジェリーに目を向けた。

「そういうことだ」とそっけなく言う。

「当然ですよ。お父さんは何を期待していたんです?」ジェリーは見下すように言った。「ほかには何か書いてありましたか?」

W・Tは鼻を鳴らした。

「例の有益な追伸がひとつだけな」そう腹立たしげに言い、続きを読みあげた。

村の巡査に疑わしい点がないのはたしかでしょうか? 同胞の一人を疑うのが愉快でないのは承知しておりますが、過去にはそうした事例も多々あります。ひょっとすると、彼には何か貴兄がお気づきでない動機があったのやもしれません。親しき友の助言を聞き入れ、お調べください。

ジェリーはくすくす笑った。

「親しき愚者の助言を聞き入れ、ってとこですね。何たって、銃声が聞こえたとき、あの巡査はぼくとおもての道路で話してたんだから」

「ああ、デッドウッドはそこを見落としたのさ」W・Tは辛辣《しんらつ》に言った。「しかもそれを言うなら、おまえの話がすべて彼らと示し合わせてでっちあげたものではないと、どうしてわたしにわかるんだ？　むしろおまえのほうがあの家の中までノーラについてゆき、見ず知らずの男をこっぱみじんに吹き飛ばしたのかもしれんじゃないか。いわば示威行為だよ。出会ったばかりの若い娘にいいところを見せて——気を引くための」W・Tははたと口をつぐんで、そっけなく笑った。

ジェリーはひたと彼を見つめた。

「お父さん……この件がだいぶ神経にさわってるようですね。ぼくならもう手を引きますよ」

「よしてくれ！」W・Tは引出しの取っ手がカチャカチャ揺れるほどの大声でがなった。「わたしは石にかじりついてもこの謎を解明してやるぞ。いいか、ジェリー、たしかに事件は起きた——誰かがやったはずなんだ」

ジェリーは肩をすくめた。

「被害者の性癖を考えれば、ぼくなら神の御業《みわざ》とみなしてもう放っておくな」

W・Tはかぶりをふった。

「負けてたまるか。この世のあらゆる出来事には、ごく自然で単純な論理的説明がつくはずなんだ。わたしは魔法を信じたりはせんぞ、ジェリー。とにかく誰かがクラウザーを殺した。それが誰なのか見つけ出してみせるさ、死ぬまでかかっても」

「そのまえに頭がいかれちゃいそうだけど！」ジェリーは陽気に言った。「やれやれ！　その手紙が届いてよかったですよ。これであの姉妹もずいぶん気が楽になりそうだ。よければ、今すぐノーラに話しにいってきます。お父さんが裏付けを取るまで彼女の話を信じなかったんで、ぼくまでえらく気まずい思いをしてたんですよ」

W・Tはうなずいた。

「何でも裏付けなしには信じられんからな。それにしても、今やこの事件では、誰も彼もの潔白を示す事実しか見当たらん。誰もがクラウザーを殺したがっていた――誰もが彼を殺すことを考えたと認め――みなに機会があった。にもかかわらず、誰もやっていないとは。信じがたい事態だよ」

ジェリーは父親に鋭く目を向けた。

「ねえ……お父さんはもう、クリステンセン夫人とノーラは事件について何も知らないと納得したんですよね？」

「ああ。まあな――これ以上はないほど納得しとるつもりだよ」

W・Tはうなずいた。

「よかった」ジェリーはそっけなく言った。「もちろん、ぼくは初めから彼女たちが関与したはずはないとわかってましたよ」しばし間を置き、彼は続けた。「だけどときおり、何だか不安になっちゃって……じゃあお父さんがかまわなければ、ぼくはもう行かせてもらいます」

「いいだろう」W・Tは観念したように言った。ジェリーが殺人事件などより魅力的なものを追って、父親を見棄てようとしていることはわかっていた。無理もない。

息子の背後でドアが閉まると、W・Tは立ちあがって室内をゆっくり行ったり来たりしはじめた。

「何か納得のいく説明があるはずだ」と声に出して言う。「何か単純で――あまりに明白なために見落としてきた――事実、あるいは誰かが……」

彼は事件の発端を思い浮かべ、もつれ合う謎のあいだを一歩ずつたどりなおしてみたが、またもやデッドウッドの手紙がもたらした袋小路《デッドロック》にはまっただけだった。さっきも言ったように、すべてがそろっていた――動機、機会、殺意。にもかかわらず、誰についても有罪を決定づける証拠はない。それどころか、強い嫌疑をかける根拠すらないのだ。

W・Tは疲れきって窓辺の肘掛け椅子に腰をおろした。彼の周囲には、打ち砕かれた種々の推理の残骸がころがっていた。何週間もの仕事で多くのことを学んだが、肝心な点には少しも近づいていない。謎は事件の起きた日と同じぐらい不可解なままだった。

W・Tはしばらく身じろぎもせずに考え込んでいた。それからため息をつき、片手をのばして、かたわらのテーブルから古いよれよれの茶色い本を取りあげた。『グロスの犯罪心理学』――彼が信奉し、いつも行く先々に持ち歩いている本だ。

W・Tはそれを適当に開いて読みはじめた。悩ましい事件になかば注意を奪われたまま、ぼんやりページを繰ってゆく。と、ある一節が目にとまり、W・Tは真っ青な瞳に半信半疑の色を浮かべてまじまじと見入った。そんな馬鹿な、と言わんばかりに小声で笑い、さらに先へと読み進んだが、ほどなく両目がさきほど注意を引かれた一節へと舞いもどり、彼はまたもやじっと見入った。頭の中では、驚嘆と疑念がしのぎをけずり合っていた。

やがてついに、開いたままの本をテーブルの上に伏せ、例のショッピングリストかボーイスカウトの日誌にしか見えない古びた赤い手帳を引き寄せた。

「ちらりと何か――」ようやく目当ての箇所が見つかると、声に出して読みあげた。「ちらりと何か白いもの、エプロンか女性の白いペチコートの端っこのような――刺繍《ししゅう》の入った、ひらひらしたものが見えた」

彼はまたもや、かぶりをふった。

「ありえん」とつぶやき、「だがしかし……」

W・Tは鉛筆を取り出し、そのページの下にずらずら名前を書き連ねた――事件が起きたときあの家にいた全員の名前と、そこにはいなかった一人の名前。

両目を細めて額に深々と皺《しわ》を寄せ、W・Tはしばしそのリストに見入った。それから、不

意に奇妙な表情を浮かべてぱっと立ちあがり、

「いやはや！　そうか！　そうだったのか！」

彼は大急ぎでいくつかのものをスーツケースに詰め込み、テーブルのまえにすわってジェリーに短い手紙を走り書きした。


ようやく光明が見えた。ロンドンへ発つ。おまえはこちらで連絡を待て。さらば。

父より。


W・Tは便箋を折りたたんで封筒にすべり込ませると、ロビーを突っ切る途中でコンシェルジェにあずけた。

通りに出るや馬車《ヴォワチユール》を呼びとめ、ガタガタ近づいてきた古びた馬車に飛び乗った。

「駅まで《ア・ラ・ガール》！」と、びっくり顔の御者《ぎょしゃ》に言う。相手は〈鈍重な英国人〉の見本のような紳士のただならぬ興奮ぶりに仰天しているようだった。

「駅までだ《ア・ラ・ガール》！　がんがん飛ばしてくれ！」

第十九章　電　報

「いや、手紙は来ていない」ジェリーは郵便物の棚を見おろし、いくらか落胆したように言った。

ノーラは同情を込めて彼を見あげた。二人は食事をともにしたあと、ジェリーの泊まっているホテルにもどり、夕方の便でW・Tから何か知らせが届いていないか確かめてみたのだ。今ではW・Tが立ち去って三日になり、ジェリーはじりじりしはじめていた。

二人は金箔《きんぱく》と化粧しっくいがほどこされた、人気《ひとけ》のないむし暑いラウンジへぶらぶら歩を進め、窓の外のバルコニーに出てゆくと、しばらく無言でそこにたたずんだ。

夜のリヴィエラには、ほかのどこにも見られない、一種独特の美しさがあった。

澄んだ空気の中で町の明かりが何とも陽気にチカチカとまたたき、そよ風に乗って、ダンス音楽と外国人たちの笑いさざめく声が運ばれてくる。さらにその向こうでは、暗闇の中でさえうっすら青みがかって見えるあの紺碧《こんぺき》の宝石、地中海が月明かりにきらめいていた。

バルコニーにいるのは彼ら二人きりで、やがてノーラが静かに言った。

「何だか、ずいぶん以前《まえ》のことみたいに思えるわ」

ジェリーはじっと海に目を向けたまま、

「もう大昔のことさ。もちろん、ひどい事件だったし、きみたちには悪夢のように思えただろうけど——何もかもがね」

ノーラはうなずいた。

「たしかに、ぞっとするほど辛かった。でも本当は、それまでよりひどくはなかったわ——彼が生きてたころほどは」しばし言葉を切ったあと、ふたたび話しはじめたノーラの声は、あたり一面の夢のような空気の中で静かに、快く響いた。「それにしても、不思議なめぐり合わせね！　ちょうどあなたがバス停から送ってくれた直後にあんなことが起きたりするなんて。あなたはもう十分あとか先に来てもおかしくなかったのに」

ジェリーは答えず、ただじっと町の向こうの海を見つめていた。あの先のどこかに、真っ暗な空を背にしたみごとな山々がそびえ立っているはずだ。深い夜のとばりに包まれて、信じられないほどすてきな世界が広がっているのだ。今の自分の立場もそれと似ているような気がした。まるで暗闇の中にいるように、彼と何かすてきなもの——今夜はすぐそこにあるはずの、何かうっとりするほどすてきなもののあいだには、黒々とした幕が張りめぐらされている。

ジェリーは怖気《おじけ》づき、思わず話題を変えた。

「きみのお姉さんは——ほんとにもうだいじょうぶなのかい？」

「あら、ええ」ノーラは自信たっぷりに答えた。「日に日に元の彼女にもどっているわ――もうあの秘密を暴かれる恐れはないと確信できた今ではね。可哀想に、グレースはずっと怯えきってたの。だってほら、ロジャーを愛してるのよ。今にもジョーンのことが彼の耳に入るかもしれないと、生きた心地もしなかったはずだわ。彼はあの子に夢中だから。事実が知れたら彼女は耐えられなかったはずよ」

ジェリーはうなずいた。

「彼らはこれからどうするんだろう？　このまま〈白亜荘《ホワイトコテージ》〉で暮らすのかな？」

「まさか。たぶん国外へ出ると思うわ。ロジャーは何年もまえからそんな話をしていたの。彼はもともとアルゼンチンの出身だから、みんなであちらへ行くことになるんじゃないかしら。たしかにグレースはすぐにも英国を離れたがってるし。ほら、あそこでは辛い思いばかりしてきたでしょ。だからきっとそうなるはずよ」

ジェリーはすばやくノーラに目をやった。淡い光を浴びた彼女の顔はひどく青ざめていたが、薄暗い空を背にくっきり浮かびあがった横顔はじつに愛らしい。彼はため息をついた。

「アルゼンチンだって？」

「ええ――ロジャーの家族はみんなあちらにいるの」

ジェリーはしばし黙りこくったあと、

「きみも行くのかい？」

「あら、もちろんよ。わたしは彼らと一緒に暮らしてるんだもの」

彼女はバルコニーの鉄の手すりに片手をかけていた。それが暗闇の中に白々と浮かびあがっている。ジェリーはその手に自分の手を重ね、飾らずに言った。

「愛しているよ、もう気づいてるだろうけど」

ノーラはしばし無言で、背筋をぴんとのばして町の彼方《かなた》を見つめていた。それから、いとも嬉しげにくすりと笑った。

「ええ、気づいていたわ」

「で、きみのほうはどうなんだ?」ジェリーはおずおずと尋ねた。

「愛しているわ」ノーラは何の躊躇《ちゅうちょ》もあせりも見せずに言った。

「じゃあ結婚するかい?」

くるりと向きなおったノーラの目には、例の愛情深い、勝ち誇ったような表情が浮かんでいた。

「そうしましょうか?」

ジェリーは彼女を抱き寄せ、唇にキスした。

「ぼくはそのつもりだよ」

その後は二人のあいだに長らく沈黙がただよった。

やがて、彼のかたわらでノーラが身を震わせた。

「ねえジェリー、この事件はどうなるのかしら——あなたのお父様は謎の解明をあきらめると思う?」

ジェリーは首をふり、彼女の肩にまわした腕にぐっと力を込めた。

「いや、そうは行きそうにない。親父さんはあくまで戦う気だ、何があってもやめないだろう。これまで四十年間、どんな事件も最後まで投げ出さなかったんだから、今さらそんなことはしないさ」彼はやおらノーラを見おろした。「だけど何があっても、ぼくたちの心はひとつだ——そうだろう?」

ノーラは彼の肩に頭をあずけ、満足げにため息をついた。

「ええ、そうね……ああ、ジェリー、あなたがいてくれてよかった!」

ジェリーは笑いながら彼女にキスした。そのあと、背後の部屋で足音がしたのに気づいて彼らがぱっと離れると、すぐさまホテルのコンシェルジェが窓辺にあらわれた。

「お客様に電報が届きましたので」コンシェルジェは非の打ちどころのない英語で言った。「たしかこちらへおいでになるのをお見かけしたような気がして、急いでお渡ししに参りました」

ジェリーは薄っぺらい封筒を受け取り、びりびり破って開けた。たちまちその顔に、信じられないと言わんばかりの表情が浮かんだ。

「ありがとう」とコンシェルジェにそっけなく礼を言い、彼が姿を消すと、ジェリーは電報をノーラにさし出した。

彼女はそれを受け取り、ラウンジの窓から漏れるかすかな光の中で目を走らせた。


ついに謎の解明を断念。何か用があれば、わたしは家にいる。

父より

ノーラはその文面にじっと見入り、ややあって、ジェリーを見あげた。

「よくわからないけど……これは犯人を見つけられそうにないということ？」

ジェリーは気遣わしげな顔で重々しく彼女を見つめ、奇妙にしゃがれた声で、ためらいがちに答えた。

「いや。たぶん……見つけたということさ」

第二十章　話の結末

それはよくある夏の快く気だるい一日だった。びっしり葉を繁らせた木々のこずえが陽射しの中で肥えた牛の群れのようにうごめき、ジェリーの家の庭のはずれにあるニレの木陰はすこぶる快適だった。

彼ら——ジェリーとその妻とW・Tの三人は、そこでお茶を飲んでいた。W・Tはマントンで勢い込んで馬車に飛び乗った七年前のあの夕暮れから、少しも年老いていないように見える。ジェリーのほうはいくらか年を取り、もう少年じみては見えないが、みじんも以前より厳しい顔つきにはなっていない。人生は彼に寛大だったのだ。ノーラはまさに輝くばかり——結婚生活と二人の赤ん坊は彼女から美しさを奪うことなく、人生への新たな興味を与えていた。

というわけで、これは総じてたいそう愉快なお茶会で、陶器のカチャカチャ触れ合う音に混じって笑い声が響いていた。

ただし、例の〈白亜荘《ホワイトコテージ》〉の謎に触れるのは家族の中ではタブーになっていた。調査の中止を告げる電報を打ってから今の今にいたるまで、W・Tはあの件を話題にするのを頑として拒み、彼の子供たちも——何度か真相を聞き出そうとして失敗したあとは——その意をくんで、彼に秘密を守らせてきたのだ。

クリステンセン夫妻はノーラの結婚後、ほとんどすぐに汽船でアルゼンチンへ旅立っていた。〈ホワイトコテージ〉はあまり神経質でない、引退した食料雑貨屋に売り渡され、淡い黄色に塗りなおされて、新たに〈アカシア荘〉と名づけられていた。今もその男が妻と二人で、何の不満もなく暮らしているという。

事件そのものは、さいわいあまり世間の耳目を引かず、すっかり忘れ去られていた。スコットランドヤードの年次報告書では、未解決殺人事件の短いリストに名を連ね、しかるべきファイルに収められて放置されている。

だがほかならぬこの午後は、ノーラがふと口にした言葉が、あの謎めいた事件の記憶をよみがえらせていた。

「ああ、そういえば」と彼女は言ったのだ。「今日はジョーンもお茶を飲みにくるはずですわ。あの子は金曜日の船で発つので」

W・Tは、はっと目をあげた。

「あの子に会うのは例の――あの――事件のとき以来だよ。ええと、もう十二歳ちょっとになるんじゃないのかね？」

ノーラはうなずいた。

「ええ、でも見かけはまるで十六歳。それに、すごくおかしな子なんです。小さいころと少しも変わらず――無口で何だか超然として」

W・Tはお茶のカップをテーブルに置いた。

「彼女は英国が気に入らんようだな。学校で一学期すごしただけで、また帰るのか？」

「そうなんです。馬鹿げた話じゃありません？」ノーラは笑った。「休暇中はこちらで面倒を見るとグレースに手紙を書いたのに、本人が帰りたがって――学校にいるのはいやだと言いますの」

「あの子は変わり者だし」ジェリーが口をはさんだ。「学校生活にうまくなじめるタイプじゃないんだよ。自由奔放《ほんぽう》っていうか、すごく率直で予測のつかないところがあるからね」

「しぃーっ！」とノーラ。「ジョーンが小道を進んでくるわ。あの子のことを話していたと気づかれないようにして」

すかさず話題が変えられ、くだんの若きレディが近づいてきたときには、ジェリーと父親は芝生の状態について話し合っていた。

W・Tは興味深げに少女をしげしげと見た。

なるほどノーラが言っていたとおり、ジョーンは幼いころと少しも変わらなかった。大きな黒い目をした、強靭《きょうじん》そうな長身のたくましい少女で、長い髪は頭の両側で束ねられている。大股にずんずん進む長い両脚の周囲でひらめくスカートの小さなフリルが、ほんの形ばかり伝統に敬意を表した、無意味な馬鹿げたものに見えるほどだ。

W・Tはさきほどジェリーが口にした、〝学校生活にうまくなじめないタイプ〟という言葉の意味がわかる気がした。

ジョーンはあきらかに自由を必要とするタイプで、若き野蛮人と言ってもよさそうだった。挙動にもまるで自意識が感じられない。彼女は開けっ広げな笑みを浮かべてテーブルの周囲の面々を見まわし、腰をおろした。

「あら」と、ジェリーに紹介されたW・Tを見つめ、「あなたのことは母から聞いてます」

「こちらはきみをよく憶えとるがね」W・Tは言った。「きみはわたしを忘れてしまったのかい?」

少女はおぼつかなげに彼を見つめた。

「思い出せない。あたしはすごく小さかったんですか?」

「ああ――まあな。ところで、きみはじきに行ってしまうそうじゃないか。まだこちらへ来たばかりなのに」

ジョーンは笑いながらうなずいた。

「そうね。でも学校にいるのは我慢できないし――こっちの生活が合わないんです。ガーンハム先生によれば、あたしは洗練されてないんですって」

「あっちのほうがいいのかい?」

「ずうっとね!」ジョーンの若々しい声にはあきらかに熱がこもっていた。「だって、向こうは――広々してるんだもの。いくら動きまわっても、手足をのばしてもいいぐらい――わかるかなぁ?」

W・Tは笑ってうなずいた。

「ああ――わかるよ」

少女はノーラに目を向けた。

「坊やたちは元気、叔母ちゃま？」

「ええ、まずまずよ」ノーラは答え、しばし黙って顔をしかめたあと、「ひとつだけ困ったことがあるけど。じつはね、お父様、あなたが長いこと犯罪とかかわっていらしたことが、何だか――ビルに影響しはじめてるようなんです」

「よせよ！」ジェリーがたしなめた。

W・Tは笑った。

「こいつはなかなか深刻そうだぞ。四歳児がどんな堕落のきざしを見せとるのかね？」

「それが……こんなことはあまり言いたくないんですけど、あの子は――盗みを働きますの！」

「そりゃひどい！」とW・T。「すぐに逮捕状を取るとしよう」

ノーラは彼に向かって顔をしかめた。

「からかわないでくださいな。ほんとに心配でならないんです。あの子を乳母車に乗せたまま肉屋の外で待たせておいたら、店先のトレイのひとつからラードを袋ごと盗って――上掛けの下に隠したんですよ。おかげで、こちらは家に着くまで気づかず……恐ろしくばつの悪い思いをして、代金を払いにもどるはめになったんです」

「おやおや、奥さん、きみはとんだお馬鹿さんだな」ジェリーが妻に腕をまわして抱きしめた。

ノーラは眉をつりあげた。

「あら、何がそんなにおかしいの？　わたしはぞっとしたわ。だって想像してみて、お店に入っていってこんなふうに言うのよ――『おたくの店先から消えたラードの代金を支払わせていただける？　うちのおちびさんが盗みましたの』」

「いやはや」W・Tは穏やかに言った。「言ってはなんだが、あなたがビルの犯行をそれほど気に病んどるのは、そのせいでばつの悪い思いをしたからじゃないのかね？」

「とんでもない」とノーラ。「わたしはただただ、息子の倫理的性向が気がかりなんです。ラードを袋ごと盗むような子は何でも盗みかねないわ」

「むしろ」とジェリー。「あいつは馬鹿なんだ。それだけの話さ」

「そうは思えない」ノーラは言った。「これは犯罪に走りやすい明確な傾向を示してるのよ。わたしが『あんたがあれを取ったの、ビリー？』と尋ねたら、あの子はにっこり笑って『うん』と言ったのよ……もちろん、お尻をたたいてやったけど」

「可哀想なビル」ジェリーの同情はもっぱら息子に向いていた。

「とにかく心配でならないんです」ノーラは主張した。「盗み癖がついたまま大人になったら大変でしょう？」

W・Tは答えようと口を開いたが、にこりともせずにこのやりとりを聞いていた少女に先を越された。

「あたしなら心配しないよ、叔母ちゃま」ジョーンは言った。「小さいころって、そうとは知らずにいけないことや危険なことをしちゃうんだと思う。あたしも一度、銃を撃ったのを憶えてる」

片手を少女の腕にかけようとしたW・Tは、息子の表情を見て思いとどまった。ジェリーと妻はどちらも少女に向きなおり、探るように両目を見開いている。二人の顔からはとつぜん笑みが消えていた。

ジョーンは周囲の反応に気づきもせずに、楽しげにしゃべり続けている。W・Tは椅子の背にもたれ、落ち着きはらった顔で両目を閉じた。

「もちろん、あんまりよく憶えていないけど」少女は続けた。「たしか初めてアルゼンチンへ行ったころのことで……相手の顔だけは憶えてる。すごく大きな、太った赤ら顔の男で、小さい、お猿みたいな目をしてた」そこで言葉を切って笑い声をあげ、「みんなショックを受けちゃった？　だいじょうぶ——その人に怪我はさせなかったはずだから」

ノーラが鋭く息を吸った。顔がひどく青ざめている。

「ねえ、そのときのことを話して」懸命に声が震えないようにしながら、ノーラはうながした。

少女は不思議そうに彼女を見つめたものの、とくにいやがるふしもなく、陽気に思い出話を続けた。

「ほんとに、何にも憶えてないの——銃を撃ったこと以外は。でもその男が大嫌いだったことはたしかよ。いつも心の中で〈悪魔〉と呼んでいたから。エスターがあの人は悪魔だって言ったの。エスターを憶えてる、ノーラ叔母ちゃま?」

ノーラはうなずいた。今では唇まで真っ白になっている。同じぐらい動揺していたジェリーは、なだめるように妻の手をつかんだ。

W・Tだけはこの話にびくともしていないようだった。両目を閉じて、静かにすわり続けている。

「エスターはその男が大嫌いだったから」ジョーンは続けた。「どんなに意地悪かしじゅう言い聞かされて、あたしは彼のことがすごく怖くなってたの。それに、〈悪魔〉はいつもゴタゴタを起こしてた。彼が来るたびにみんなが不機嫌になったのを憶えてる」

「それで?」ジェリーはついにこらえきれずに尋ねた。「だからそいつを撃ってやったのかい?」

ジョーンは笑った。

「やだ、ジェリー叔父ちゃま、ひどい言い方! ほんとに、どうだったのかよく憶えてないんだってば。とにかく〈悪魔〉が大嫌いだったあたしは、ある日、バケツを持って庭に立っていた。庭のどこで何をしてたのかは思い出せない——今じゃ夢の中のことみたいなんだけど——どこかのドアのまえを通りかかって中をのぞいたら、〈悪魔〉がテーブルの奥から身を乗り出してにたにた笑うのが見えたの。ほんとに怖くて、彼のことが大嫌いだったあたしは、ふと、その部屋の隅に銃があることを思い出したわけ……」ジョーンは周囲を見まわし、「ぞっとする話よね」と、ふたたび笑った。「その銃のことはエスターから聞いていた。『さわっちゃだめですよ、弾が飛び出して誰かを傷つけるかもしれませんからね』と言い聞かされてたの。それで、目のまえに〈悪魔〉がいるのを見ると銃のことを思い出し、こんなに意地悪な人なら傷ついたって当然だと考えたのを憶えてる……」

ジェリーが妻の手をぎゅっと握りしめると、ノーラは彼のかたわらで身を震わせた。

「あたしは銃を持ちあげた」少女は続けた。「すごく重くて……少しだけ運ぶのがやっとだったわ。それを見た〈悪魔〉が馬鹿にしきって笑ったから、こちらはむっとして、銃を彼のほうに向けてどすんとテーブルに置き、引き金を力いっぱい引いてやったの。そしたら、バーンってものすごい音がしたんで、思わず両目をつぶって庭に飛び出し、バケツを取りあげて……あとは思い出せない。でも、そういうことがあったのはたしかよ」

ジョーンが話し終えると、しばしあたりは水を打ったように静まり、やがて少女がまた小声でくすくす笑いはじめた。

「そりゃあ、ひどい話に聞こえるでしょうけど、きっとあの〈悪魔〉には効果満点だったのよ。とにかく、それきり彼の話は聞かなくなったから……震えあがって悪さをやめたんだと思う。ただ、あたしはそのことをぜったい話しちゃいけない気がしたの——銃にさわったことでエスターを怒らせちゃいそうで。だからビルだって昔のあたしと似たようなものよ、ノーラ叔母ちゃま」

ノーラがハンカチを取り出して顔をうずめるのと同時に、W・Tがやおら口を開き、努めておどけた口調で言った。

「いやはやジョーン、じつにけしからん話だ。わたしはあきれ返ったぞ。そんな腹黒いお嬢さんとお茶を飲んでいることを思うと、ぞっとして髪が真っ白になりそうだ」

「もう真っ白じゃない」ジョーンは笑った。

W・Tは少女を引き寄せ、ひざの上にすわらせた。

「それはわたしがすごく賢い証拠だ。それにとてつもない年寄りで、尊敬すべき人間だってことさ。だからわたしの言うことをよく聞きなさい。きみはそんなおとぎ話を誰にでも話したりしてはいかんぞ」

少女は顔を赤らめた。

「おとぎ話じゃないもん。あたしはほんとに……」

「いや」老いたる刑事はきっぱりと言った。「信じちゃいかん。それは夢なんだ。何かすごくはっきりした夢を見て、朝になっても事実みたいに思えたことはないかね？　わたしは一度、古代ブリトン人になった夢を見たぞ。すっかりその気になって、もう少しで毛皮の敷物を腰に巻いて朝食の席へ向かいそうになったほどだが――きみの場合もそれと同じさ」

「そうかなあ」少女は疑わしげだった。「でもほんとに〈悪魔〉を憶えてるし――」

「そりゃあ憶えとるだろう。わたしだってヤナギの枝で編んだ小舟に乗ったことや、ライオンみたいに大きくて獰猛《どうもう》な犬を飼ってたことを憶えとるぞ。むろん憶えてはいるが、そういうことがじっさいにあったわけじゃない。事実じゃなかったんだ。正直なところ、ジョーン、きみが銃を撃ったのも夢じゃなかったのかね？」

少女はためらい、ついに答えた。

「ずいぶんまえのことだから……夢だったのかもしれない」

「もちろん、そうだったのさ」とW・T。「もちろんみんな夢、それも悪い夢だったんだ。きみはそんなお馬鹿さんじゃないからな……。で、学校には何時にもどるのかね？」

「今すぐ」ジョーンは顔をしかめてみせた。「予習時間までにもどらなきゃいけないの。でもいいんだ――あと一週間で、もうずうーっと自由になるんだから」

W・Tは少女から腕を放した。

「それじゃ、さよならだ。そこにあるノーラのケーキを鞄に入れていくといい――うまくやれば、予習時間にこっそり食べられるかもしれんぞ。それと、ジョーン……」

「なあに？」

「夢のことは誰にも話すんじゃないぞ」

「わかった。じゃあね、ノーラ叔母ちゃま。さよなら、ジェリー叔父ちゃま」少女はケーキを取りあげて走り去った。長い手足ばかりが目立つ、野生の仔馬《こうま》さながらに。

そのうしろ姿を見送りながら、W・Tはため息をついた。

ジョーンが声の届かないところまで遠ざかるや、ジェリーは父親に目を向けた。

「お父さん――あなたは――知ってたんですね」としゃがれ声で言う。

W・Tはうなずき、ゆっくりと答えた。

「ああ、あれが〈白亜荘《ホワイトコテージ》〉の謎の真相だ……。エリック・クラウザーを殺させたのはエスター・フィリップスだとも言えるが、本人はそれを夢にも知らなかったのさ」

ノーラが静かに泣きはじめ、ジェリーは彼女に腕をまわした。

「ほらほら、いい子だ。何も心配することはない……どうにもならないことなんだ。ときたま起きる、奇妙な恐ろしい天罰だったのさ。さあ、泣かないで」

ノーラは背筋をのばし、目元をぬぐうと、くるりと義父に向きなおって問い詰めた。

「どうして気づかれたんですの？」

W・Tは口ごもり、ややあって、ようやく切り出した。

「あの殺人事件については、一言たりとも口にすまいと心に決めていたんだが、ここまで知られてしまったからには、すっかり話したほうがいいだろう。最初にヒントをくれたのはグロスだよ。知ってのとおり、わたしは途方に暮れていた――あらゆる心理学上の法則からして、犯人は誰でもおかしくなかったが、あらゆる証拠上の法則からすると、誰もやってはいなかった。そこでふと『グロスの犯罪心理学』を取りあげ、適当なページを開いたら、ほとんどすぐにこんな一節が目についたんだ――『子供というものは、ある人物が当然受けるべき報いについて独自の見解を持っている。そうした見解は、われわれ大人の尺度では測りがたいものである』……」

W・Tはしばし黙って宙をにらみ、その場面を思い浮かべた。

「もちろん」と、ややあって続けた。「もちろん、初めはさして注意を払わなかった。しかし、なぜかその言葉が頭を離れなくてね。わたしはあの子のこと、そしてあのエスターという奇妙な老女――いかにも小さな子供にクラウザーへの憎悪を吹き込みそうな子守女について考えはじめた。そして結局のところ、幼い子供は言い聞かされたことしか知らんものだと気づいたんだよ。子供の目にも神と悪魔のちがいがあきらかなのは、神は善で悪魔は悪だと言い聞かされたからにすぎんとね」

ここでまたW・Tはしばし黙りこくったが、聞き手がどちらも口を開かずにいると、やがてまた先を続けた。

「エスターはわたしに対して率直そのものだった。あの子にもさぞいろいろなことを話していたにちがいない。むろん、わたしは『そんな馬鹿な。あの子にできたはずはない』と胸に言い聞かせたよ。だが考えれば考えるほど、ありそうなことに思えてきた。

あの殺人は犯行の手口からして計画的なものではないが、偶発的に起きたわけでもなさそうだった。誰であれクラウザーを殺した者は、事前に考え抜いたふしはないものの、その時点では故意に彼を傷つけようとしたんだ。それに、あの子はあのとき家のあちら側にいた唯一の人間だ。しかも自分のしたことに気づかず、罪の意識におののいたりせずにすんだはずの唯一の人間でもある。そんなふうに考えれば考えるほど、それが真相のように思えてきたんだよ。

途中でふと、あの子は銃を持ちあげるには小さすぎるはずだと思いついたが、考えてみるとそうでもなさそうだった。ジョーンはたくましい子だったからな。銃をテーブルに乗せたまま撃っている点も、この仮説に合う。そうして考えるたびに、いよいよ可能性は大だと思えてきたのさ」

「それでエスターに会いにいったんですね？」とジェリー。

W・Tはうなずいた。

「ああ。だがそれは、あることを思い出してからだよ。何か白い布地らしきものが窓の外に消えるのを見たという、あのチェリーニの話だ。クリステンセン夫人がツイードの服で庭に出ていたことはわかっていた。ノーラは青いドレス姿、エスターは黒ずくめの服装だった。そして今どきの女性たちは、白いひらひらのペチコートなぞはかんものだと聞いている。すると刺繍《ししゅう》入りの白い布地を身に着けそうなのはあの幼女だけだったし——たっぷりひだの入った子供用のスカートなら、少しばかりうしろになびきそうじゃないか。それがありありと思い浮かぶや、エスターに会いにいったのさ。彼女はジョーンにクラウザーのことをあれこれ話したのを認め、あの子は彼を〈悪魔〉と呼んでいたと話してくれた」

W・Tは言葉を切ってため息をつき、

「わたしはあの子が事件当日に着ていたドレスを見せてほしいと頼み、エスターがそれを取り出すや、自分の想像どおりだったことを悟った。それはフリルだらけの、糊のきいた白いドレスで、スカートがことさら大きく広がっていたんだ」

「それで確信なさったの？」ノーラが尋ねた。

W・Tはかぶりをふった。

「いや、まだだ。今度はそれをチェリーニに見せにいったのさ。彼はあのとき目にしたものだと認めたよ」

父親の声が途切れると、ジェリーが口を開いた。

「それで事件を未解決のまま投げ出すことにしたんですね？」

W・Tはうなずいた。

「ああ。ほかにどうすればよかったんだ？　悪いのはそんな考えを吹き込んだエスターだとしても、じっさいに銃弾を放ったのはジョーンだ。当局としては彼女を罰するしかないが、そんなことをしてもあの子が死ぬまで白い目で見られるだけだろう」

「それでお父様は自分の評判を台なしにする危険を冒し……」ノーラが言った。「デッドウッド警部とそのお仲間たちにさんざんこきおろされても我慢して――」

W・Tは微笑んだ。その青い瞳はこのうえなく穏やかだった。

「そりゃあ、わたしの評判なんてせいぜいあと十五年かそこらの命だったがね。あの子のほうは、これから長い一生があるんだ」

そのあとしばらくは誰も口を開かなかった。

やがてとつぜんノーラが立ちあがり、ジェリーが彼女を見あげて言った。

「おい、どこへ行くつもりだい？」

ノーラは肩ごしにふり向いた――すでに芝生の向こうへ進みかけていたのだ。

「子供部屋よ」彼女は言った。「わたしのビリーに話しておきたいの、どんなに――どんなに、まわりのみんながいい人か。それをあの子の頭にしっかりたたき込んでおかなきゃ」

W・Tは遠ざかるノーラの姿を見送りながら微笑んだ。それから、からかうように息子に目をやった。

「やれやれ、あの〈ホワイトコテージ〉の謎からも少しは喜ばしい成果が得られたわけだ、なあ、ジェリー」

ジェリーはうなずき、

「いや、まったくです！」と熱を込めて言った。「この世の何よりすてきな成果がね」

知られざるアリンガム

森　英俊

　マージェリー・アリンガムには、文学少女がそのままミステリ作家になった、というイメージがある。ジャーナリストで、のちにパルプ小説の分野にも進出した父親と、婦人雑誌に原稿を書いていた母親のあいだに生まれ、七歳になると、父親から部屋と机とペンとプロットを与えられ、物語を作るよう促された。この英才教育のおかげで、八歳にして早くも、母方の叔母の関わっていた商業雑誌に原稿が売れたという。くだんの叔母はのちに映画雑誌を創刊し、大成功を収めるが、アリンガムは十七歳の頃から、そのうちの一誌《ガールズ・シネマ》に封切中の映画をノベライズしたものを載せ始め、それは同誌の廃刊まで十五年にわたって続いた。

　名探偵アルバート・キャンピオン・シリーズの珠玉の中短編を集めた、本文庫の〈キャンピオン氏の事件簿〉、さらには〈論創海外ミステリ〉で戦後の代表作のひとつ『葬儀屋の次の仕事』（一九四九）が刊行されたことで、アリンガムの全体像も徐々につかめるようになってきた。とはいえ、まだまだ知られていない側面もあるので、そのあたりにテーマをしぼって、本稿を進めていくことにする。

ディテクション・クラブとマージェリー・アリンガム

二〇一八年秋に国書刊行会より邦訳刊行予定のマーティン・エドワーズ（Martin Edwards）の *The Golden Age of Murder*（二〇一五）は、ディテクション・クラブの会員たちを中心に、黄金時代の英国探偵小説に焦点をあてた、類のない評論書である。エドワーズはディテクション・クラブの公文書保管役であり、古典ミステリの熱心な愛読者としてさまざまな復刻に携わり、自身でもミステリを手がけているだけあって、綺羅星《きらぼし》のごとき作家たちの知られざるエピソードがいきいきした筆致で描き出されている。セイヤーズの抱えていた私生活での悩み、バークリーの奇人ぶり、『救いの死』（一九三一）をゴランツ（Gollancz）社より出したあとに、ミルワード・ケネディの陥《おちい》ったとんでもない苦境、などなど。アリンガムについての知られざるエピソードも披露されており、ここではそのうちのいくつかを紹介しておく。

ディテクション・クラブの会員には、探偵作家のだれもがなれたわけではなく、ふたりの会員の推薦が必要であった。一九三三年には女流作家のアントニー・ギルバートとグラディス・ミッチェルが加わり、アリンガムもその翌年に入会を認められた。ところが、初代会長のチェスタトン、セイヤーズやバークリーといった重鎮が上座《かみざ》に陣どる、ディテクション・クラブのパーティと、そこでの入会儀式にはすっかり怖《お》じ気《け》づき、彼女の私的な日記には「怖くてたまらないクラブのパーティのために、ドレスをあつらえた」とか「（入会儀式が）恐ろしい」といった記載があったという。当日はＢＢＣ（英国放送協会）が入会儀式のもようを放送するとあって、緊張のきわみであったことは想像に難くない。ディテクション・クラブのシンボルともいうべき「頭蓋骨のエリック」の上に手を置いて入会の文言を唱えたものの、その間もセイヤーズにはびびらされっぱなしだった。

この恐怖心がクラブとの距離を置かせる原因になったかどうかは定かでないが、ともあれ、一九三六年に新たな会員となった天性の社交家ディクスン・カーは、アリンガムに対し、クラブにもっと関心を持つよう説得し、彼女が夫のフィリップ・ヤングマン・カーターと暮らしているエセックス州のトールズハント・ダーシーにも泊まりがけで出向いていった。のちには、〈世界最高の探偵作家へ――もちろん、私を別にして〉といった、冗談めかした献辞を入れた自著をカーへ贈ったというから、かなり心を開いていたようだ。

カーの励ましのおかげで、アリンガムはセイヤーズに震え上がらせられることもなくなった。アリンガム夫妻の家はセイヤーズの暮らしているウィザムからもさほど離れておらず、最初のとき、バスに乗ってやってきたセイヤーズに対し、アリンガムは「親しくなってみると、実に感じのいいおばさんだわ。あまりにも議論好きなのが玉に瑕《きず》だけど」なる結論を下した。相手はまだ五十にもなっていなかったが、その物腰や地味な外観、とっぴな服装のセンスから、教養たっぷりだが、低俗なユーモア感覚の、ひどく風変わりなおばさんに見えたのだ。

フィリップ・ヤングマン・カーターとマージェリー・アリンガム

ヤングマン・カーター装幀のキャンピオン・シリーズの長編『屍衣の流行』英版

ピップことフィリップ・ヤングマン・カーターは、装幀家として、英国で出版されたミステリを中心に、二千冊以上もの本のカバー（ダスト・ジャケット）のデザインを手がけている。一九二三年に刊行された処女長編 *Blakkerchief Dick* を皮切りに、妻となったマージェリー・アリンガムのほとんどの初版本のカバーを担当し、スタイリッシュでカラフルな装画で、作品の魅力を倍増させた。

　小説家と装幀家という組み合わせの結婚生活は、芸術家どうしがたがいを刺激し合い、その相乗効果によって、さらに質のいい作品が生み出される――そんな理想の形態であったと思われてきたが、それはあくまでも表向きの姿であったようだ。関係者への聴き取り、アリンガム自身の書簡や日記、ヤングマン・カーターの回想録などに基づいて書かれた、リチャード・マーティン（Richard Martin）の *Ink in Her Blood: The Life & Crime Fiction of Margery Allingham*（一九八八）は、アリンガム夫妻の実像を明らかにしている。

　夫妻の年齢はきわめて近く（ピップのほうが四ヶ月ほどあとの生まれ）、アリンガムが十七歳のときに初めて出会うと、遠い親戚関係にあったこともあって、すぐさま仲よくなり、出会いから六年後に結婚。一九三四年にはエセックス州トールズハント・ダーシーに居を構え、そこがアリンガムの終《つい》の住処《すみか》となった。

世間でいうところのおしどり夫婦の関係にはほど遠く、ビジネスパートナーの色彩が強かったという（マーティンはその関係性を〈partners in crime〉と呼んでいる）。一九三〇年代のアリンガムは、不定期にやっていたカバーのデザイン料以外に収入のないピップを養うために、必死に金を稼がざるをえず、ピップの欲しがった新車の費用も出してやった。

アリンガムがピップに作品の構想を語って聞かせたあと、ふたりして議論を重ねるのが常で、ピップの提言に基づいて、アリンガムが作品を仕上げることもあった。いささか理解に苦しむのは、長年にわたって同居人がいたことで、いくら「セックスはあまり重要ではなかった」とはいえ、これでは正常な夫婦関係の送れるはずもない。

くだんの同居人というのは、ピップの学友のイラストレーター、グロッグことアラン・グレゴリーで、アリンガム夫妻の結婚した一週間後に新居に転がり込み、そのまま十三年間も居座った。とはいえ、アリンガムとの関係は良好だったようで、初期の長編に添えられた地図や家系図を手がけ、原稿の口述筆記もしている。

アリンガムとピップとの風変わりな夫婦関係に転機が訪れるのは、ピップが戦地から復員してからで、陸軍向け雑誌の編集に携わった経験を活《い》かし、編集の仕事に就いたピップは、ロンドンの中心街にフラットを借り、週末だけトールズハント・ダーシーに帰るようになった。初めて定職を得たことで、生活ははでになり、交際の範囲もおのずと広がっていった。とある女優と知り合ったピップは、相手と深い仲になり、一九五一年のいずれかの時点で夫の不倫を知ったアリンガムは、精神のバランスを崩してしまう。

ショック療法による後遺症を克服したアリンガムは、夫を許し、一九五五年に発表したヴィレッジ・ミステリ *The Beckoning Lady* に、自身とピップとをモデルにした芸術家夫婦を登場させた。妻のほうは小説家ではなく画家で、夫のほうは読みかたすらよくわからない珍妙な楽器の発明家、という設定で。昔からの友人だというキャンピオンは、夫妻のことを、いつもなにかしら話し合っているような気がすると評するが、それはアリンガムとピップの関係にもそっくりそのまま当てはまるものであった。

ヤングマン・カーターはアリンガムの没後に出版されたオムニバス本 *Mr Campion's Clowns*（一九六七）に序文を寄せ、そのなかでアリンガムの思い出を語ると共に、妻の寛大さに感謝を捧げている。ふたりで話し合った構想に基づいて、アリンガムの遺作 *Cargo of Eagles* を一九六八年に完成させたあとも、キャンピオン物を書き継ぎ、翌年に *Mr. Campion's Farthing*、翌々年に *Mr. Campion's Falcon* を上梓《じょうし》した。そのヤングマン・カーターの未完長編 *Mr Campion's Farewell* を今度はマイク・リプリー（Mike Ripley）が二〇一四年に完成させ、それ以降もキャンピオン物の新作を毎年のように送り出している。

別名義とマージェリー・アリンガム

英国の女流作家が男性名でミステリを発表するのは、べつだん珍しいことではない。アントニー・ギルバートはその名前を使う以前に、J・キルメニー・キース（J. Kilmeny Keith）名義でデビューしているし、グラディス・ミッチェルも一九六〇年代半ばから一九七〇年代初めにかけ、マルコム・トリー（Malcolm Torrie）名義で六つの長編を出している。
マージェリー・アリンガムにも、マックスウェル・マーチ（Maxwell March）名義での以下のような三つの長編がある。

Other Man's Danger［連載時の原題：Dangerous Secrets／米題：The Man of Dangerous Secrets］（一九三三）
Rogues' Holiday（一九三五）
The Shadow in the House［連載時の原題：The Devil and Her Son］（一九三六）

The Shadow in the House 米版

それぞれ、一九三二年、一九三三年、一九三五年に《アンサーズ》誌にアリンガム名義で連載されたもので、英国ではコリンズ（Collins）社、米国ではダブルデー（Doubleday）社という、共に〈クライム・クラブ〉叢書《そうしょ》を擁《よう》するミステリ出版の最大手によって単行本化され、その際に作者名がマックスウェル・マーチに改められた。昨年、英国のイプソ・ブックス

〈Ipso Books〉社からペイパーバックで再刊され、容易に読めるようになった。なお、現行の版では、最後の長編の表題は連載時のものに戻されている。

単行本時に別名義にしたのは、アリンガム名義の同時期のものと作風があまりにもかけ離れていたのに加え、男性名にしたほうが売りやすいという出版社側の思惑もあったものと思われる。実際、売れ行きは好調だったようで、アリンガムにとっては、ありがたい収入源となった。「マックスウェル・マーチはお金を稼いでくれる一流の物書きよ」と、こっそり漏らしていたというから、アリンガム自身もこの成功にはまんざらでもなかったようだ。

いずれも〈Damsel in Distress（乙女の危機、囚《とら》われの姫君）〉をテーマにした、ロマンティック・スリラーで、いったん読み出すとやめられない、スリリングな娯楽編だ。評論家のあいだでは黙殺同然の扱いを受け、キャンピオン物をこよなく愛する人々からもそっぽを向かれてしまっているが、リーダビリティは抜群で、映画のノベライズで経験を積んだだけあって、見せ場の多いスピーディな展開が楽しめる。

Other Man's Danger では、未来の夫たるべき相手が次々と死んでしまう女性が登場し、彼女をひと目見るなり恋に落ちた、スコットランドヤードの覆面捜査官が事件解明に乗り出す。その方法たるや、自分自身が彼女の婚約者に扮《ふん》して敵の攻撃を待つという、無謀きわまりないもので、案の定、ふたりとも囚われの身となり、生命の危機に瀕《ひん》する。

Rogues' Holiday では、ロンドンでの事件に関与していると目《もく》される男を追って、休暇中に海辺のリゾート地までやってきたスコットランドヤードの警部が、健康なのに身体が不自由な

ふりをしている女性と出会い、訝《いぶか》しんでいるうちに、恋に落ちてしまう。この若いふたりの前にふた組の悪党たちが立ちふさがり、前作を上回る危機的状況が訪れる。

The Shadow in the House では、失業中の女性がオーストラリアから来た遺産相続人の娘の身替わりになって、娘の叔母一家の元を訪ねたがために、とんでもないトラブルに巻き込まれてしまう。この叔母というのが、金のためなら人を殺すことも厭《いと》わない極悪人で、息子たちを意のままにしている。ふだんはごくおだやかな中年女性の風を装《よそお》っているだけに、その豹変《ひょうへん》ぶりが恐ろしい。〈白馬の騎士〉的な人物が現れ、乙女の危機を救ってくれる、お約束ともいうべき展開は前二作と同じだが、そこにひとひねり加えられており、終盤の衝撃度という点でも、三作のなかでもっとも印象に残る。

*　　*　　*

一九二七年に《デイリー・エクスプレス》紙に連載され、その翌年に単行本になった本書もまた、知られざるアリンガムの一端を担うものである。

冒頭からの流れるようなストーリー展開に、早くも心をわしづかみにされてしまう読者も少なくあるまい。スコットランドヤードの犯罪捜査部主任警部を父に持つジェリー青年が、踵《かかと》にまめをこしらえてしまった娘とケント州の小村ブランデスドンで偶然出会い（まさしく、映画や小説でいうところの〈ボーイ・ミーツ・ガール〉だ）、娘を車に乗せ、愛らしい白塗りの家へと送っていったあと、とつじょ散弾銃の銃声が響き、ほどなくして、メイドらしき服装の少女が真っ青な怯《おび》えきった顔で、声をかぎりにヒステリックな悲鳴をあげながら駆け寄ってくる。映画のノベライズで培《つちか》った力が遺憾なく発揮された、情景が目に浮かぶ場面だ。

息子からの電話に応えて、〈猟犬《グレイハウンド》〉ことW・T・チャロナー主任警部が現場に到着し、息子のジェリーをアシスタントに、事件の捜査に着手する。この主任警部というのが、四十年あまりも種々の犯罪や犯罪者と接し、人間性についてたっぷり学んできた、まことに味のあるキャラクターで、いざというときには、ふだんの優しいお父さんといった感じを一変させ、虎《こ》視《し》眈々《たんたん》と目を光らせる、油断のない男へと変貌する——〈猟犬〉と呼ばれるゆえんだ。

アルバート・キャンピオンほどではないものの、じゅうぶん魅力的な探偵であり、続編の書かれることのなかったのは惜しまれる。W・Tはそのキャンピオンと、意外な形で共演もしている。*Mystery Mile*（一九三〇）のなかでキャンピオンが情報を得るために電話をかける相手というのが、「名探偵の中の名探偵——W・T」に他ならず、すでに警察は退職しているものの電話の声ははっきりしており、記憶も定かで、情報源としては申し分ない。こういった形での、以前に登場したキャラクターとの再会も、アリンガムの作品を読む際の楽しみのひとつだ。

物語の舞台はケント州の小さな村から、フランスの首都パリ、南フランスのリゾート地マントンへと移っていき、各地で関係者への事情聴取が進められていくなか、被害者である〈砂丘邸〉の主《あるじ》、エリック・クラウザーの異常性が、個々の証言の積み重ねによって浮き彫りにされていく——「とんだひとでなし」（クラリー・ゲイル）、「ひどく変わった方」（クリステンセン夫人）、「悪魔のような男」（エスター）、「この世に二人といないろくでなし」（クリステンセン）といったぐあいで、W・T自身も「被害者はよほど尋常ならざる男だったにちがいない」と認めざるをえない。だれが犯人であってもおかしくない状況であると同時に、読者はクラウザーを殺害した人物に同情すらおぼえるようになるだろう。こういったところからも、作者のストーリーテリングの巧みさがうかがえる。

この『ホワイトコテージの殺人』はアリンガムが二十三歳の時に書かれた長編であり、作者の若さが作品のうえにも反映されている。注目すべきなのは、作者がすでに伝統的な探偵小説のパターンを習得する一方で、大胆にもそこからの逸脱を試みている点だ——黄金時代の探偵小説では一般的だった州警察からの要請ではなく、実の息子に呼ばれてスコットランドヤードの警察官がやってくるところ、英国伝統のヴィレッジ・ミステリからトラベル・ミステリへと進んでいく構成、恋愛がプロットに深い関わりを持ってくる点、「話の結末」と題された最終章の衝撃度、などなど。

こうしたあたり、作者の意欲が感じられて好ましいが、未熟な部分もなくはない。とりわけ残念なのは、W・Tが真相に思い当たるうえでの最終的な決め手となるべきものの内容が読者に事前に知らされない点で、これではアンフェアのそしりを免れない（犯人の正体に直結するので、やむをえないとはいえ）。事件に関するある手がかりが秀逸なだけに、この瑕瑾《かきん》は惜しまれる。

ところで、『ホワイトコテージの殺人』には、この邦訳の定本になっているジャロッズ

(Jarrolds)社版とは異なるヴァージョンが存在する。作者の実妹のジョイス・アリンガムが文章をアブリッジした(刈り込んだ)、一九七五年のチャトー&ウィンダス(Chatto & Windus)社版で、のちのペンギン・ブックス(Penguin Books)版もそれに準拠している。全体で二割ほど短くなっており、割愛箇所をいちいち挙げていくと切りがないが、問題なのは、それによって作品の味わいが大きく違ってきてしてしまっている点だ。

例えば、本文庫の十三頁、一行目の「そう口にするなり」から「大きなバスケットを後部の補助席に乗せた。」までの部分が割愛されている。「ニチニチソウのような青紫色」「まじり気のない蜂蜜さながらの黄金色《こがね》」なる独特の言い回しや、青紫色と黄金色と顔の赤らみがなすあざやかなコントラストなど、ここは、アリンガムらしさのもっとも発揮されている場面のひとつなのだが。

アブリッジは物語の結びの部分にもおよんでおり、最後の六行がまるまる割愛されてしまっている。その部分のあるとないとでは、作品としての完成度に大きな違いが出てくるだけに、それらを省略した尻切れトンボの終わらせかたは、理解に苦しむ。実際、アブリッジ版の短さを不満に感じた読者も少なくなかったらしい。

きわめてオーソドックスなスタイルを採りながらも、真相解明のありようはオーソドックスにはほど遠い――『ホワイトコテージの殺人』はそんな稀有なミステリであり、完全版でそれを味わえる読者はなんと幸せなことか!

検　印
廃　止

訳者紹介　慶應義塾大学文学部卒。英米文学翻訳家。アリンガム《キャンピオン氏の事件簿》、ピーターズ『雪と毒杯』、ブランド『薔薇の輪』『領主館の花嫁たち』、ヘイヤー『紳士と月夜の晒し台』など訳書多数。

ホワイトコテージの殺人

2018年6月29日　初版
2018年8月10日　再版

著　者　マージェリー・
　　　　アリンガム
訳　者　猪《いの》俣《また》美《み》江《え》子《こ》

発行所　（株）東京創元社
代表者　長谷川晋一

162-0814/東京都新宿区新小川町1-5
電　話　03・3268・8231-営業部
　　　　03・3268・8204-編集部
URL　http://www.tsogen.co.jp
フォレスト・本間製本

ISBN978-4-488-21007-6　C0197